AF235916

Mara Morien

Happy Sexy Taxi

Erotische Taxifahrten mit Happy End

Impressum

Bibliografische Information der Deutschen
Nationalbibliothek:
Die Deutsche Nationalbibliothek verzeichnet diese
Publikation in der Deutschen Nationalbibliografie;
detaillierte bibliografische Daten sind im Internet über
http://dnb.dnb.de abrufbar.

1. Auflage

© 2021 Mara Morien

Herstellung und Verlag: BoD – Books on Demand,
Norderstedt

ISBN: 978-3-7557-1280-0

VORWORT

Alle Namen, Daten, Firmierungen und Handlungen in diesem Buch sind völlig frei erfunden. Jede Ähnlichkeit mit lebenden oder verstorbenen Personen ist rein zufällig. Es handelt sich somit nicht um tatsächlich in dieser Form stattgefundene Ereignisse.

KAPITEL 1

Geschafft und nun?

Monatelang hatten die Betriebswirtschaftsstudenten darüber diskutiert, was nach ihrem abgeschlossenen Bachelorstudium für einzigartige und innovative Gründungsideen auf sie warten würden. Seifenblasen, die spätestens dann zerplatzten, wenn eine Recherche im Internet ergab, dass es schon seit Jahren die „neue" Idee gab und bereits mehrfach erfolgreich umgesetzt worden war.

Doch heute zählte das alles nicht. Ziemlich betrunken, taumelnd vor Freude über ihre Auszeichnung als die beste Studentin des Jahrganges und vom Alkohol benebelt, hatte sie sich ein Taxi bestellt. Die Feier war vorüber und sie drückte noch einmal voll herzlicher Zuneigung ihre Studienkollegen Maximilian und Niklas, mit denen sie während des Studiums geschwitzt, gepaukt, gezittert, gesoffen und Luftschlösser gebaut hatte.

Sie hatten sich geschworen, Freunde zu bleiben und wollten auch zusammen den Masterstudiengang bestreiten. Allerdings wurde dieses Folgestudium in der Regel neben einer Teilzeitarbeitsstelle absolviert. Leonie hoffte sehr, dass die enge Freundschaft trotz eventueller durch die unterschiedlichen Arbeitsstellen auseinanderdriftenden Wege keinen Schaden nähme.

Auch, wenn Leonie Maximilian ein wenig länger und fester an sich drückte, war irgendwann der Zeitpunkt gekommen, ihn wieder loszulassen.

„Ihr tut fast so, als würde einer von euch eine Weltreise antreten und ihr euch monatelang nicht sehen. Der Alkohol hat euch zu ganz schönen Weicheiern gemacht", kommentierte Niklas die lange Abschiedszeremonie zwischen Leonie und Maximilian. „Wenn ihr euch nicht trennen könnt, bleibt heute Nacht doch zusammen", ergänzte Niklas noch neckend. Dass er als attraktiver Frauenschwarm kein Problem darin sah, sich nach Belieben mit dem anderen Geschlecht zu vergnügen, war Leonie längst klar. Die Frauen liefen Niklas hinterher und er genoss es. Allerdings hatte er für Gefühlsduseleien als „richtiger Kerl" keinen Sinn.

„Du darfst Leonie auch gerne noch einmal drücken, wenn du neidisch bist", lächelte Maximilian – das süßeste, weiche Lächeln, das Leonie je bei einem Mann gesehen hatte.

„Ne, lasst mal. Ich stehe eher auf handfeste Annäherung", deklarierte Niklas. „Im Übrigen fährt da drüben ein Taxi um die Kurve. Das wird wohl das Taxi sein, was du bestellt hast, Leonie. So, Maximilian, wenn du mit Leonie zusammen in das Taxi steigen möchtest, hast du jetzt die Chance dazu. Ich werde auch alleine nach Hause finden."

Maximilian und Niklas wohnten in der Nähe der Hochschule in dem gleichen Studentenwohnheim. Sie würden ihren Nachhauseweg zu Fuß antreten, sobald Leonie der Obhut des Taxis übergeben worden wäre, sofern Maximilian nicht mit ihr fuhr, was Leonie für ausgeschlossen hielt.

„Typisch, Niklas, immer nur das Eine im Kopf", grinste Maximilian. „Man kann auch eine gute Freundin in den Arm nehmen, ohne gleich von ihr mehr zu wollen. Aber für dich, Niklas, ist das nahezu unvorstellbar, was?"

Leonie schluckte. Unvorstellbar war es für sie ganz und gar nicht, aber traurig. Zumindest, was Maximilians Einstellung zu ihr betraf. Er sah in ihr nur eine gute Freundin, sie in ihm doch einiges mehr. Doch Maximilian schien gegen sämtliche

Flirtversuche ihrerseits resistent zu sein, es nicht einmal als solche wahrzunehmen.

Das hellelfenbeinfarbige Taxi hielt nun ein paar Meter von ihnen entfernt. Sein beleuchtetes, gelbes Dachschild, auf dem das Wort „TAXI" zu lesen war, signalisierte Leonie, dass der heutige Zeitpunkt zum Abschied von ihren Freunden und ihrem Bachelorstudium gekommen war. Ein Schild mit dem Namen „Taxi Letizia" war an der Innenseite der Heckscheibe zu sehen.

Der Taxifahrer, ein sportlicher, südländischer Typ in den Dreißigern stieg aus dem Taxi und ging auf die Dreiergruppe der sich verabschiedenden, ehemaligen Bachelorstudenten zu.

„Hat hier jemand ein Taxi bestellt?", fragte der nicht unattraktive Mann mit einer dunklen Stimme.

„Ich war das", beeilte sich Leonie, klarzustellen. Ihr war bewusst, dass Taxifahrer unter Leistungs- und Zeitdruck standen, und wollte keineswegs die produktive Arbeit dieses sympathischen, jungen Mannes behindern.

„Wow!", reagierte der Taxifahrer. „Hätte ich gewusst, dass ich von einer so attraktiven, jungen Frau angefordert worden war, hätte ich mich ein wenig für dich schick gemacht."

„Keine Sorge, du bist schick genug", lächelte Leonie, der die Bezeichnung „attraktive, junge Frau" sehr gutgetan hatte. Nein, sie war keineswegs hässlich, aber auch nicht eine typisch auffallende, hübsche und attraktive Frau.

Leonie besaß eine zierliche, schmale, aber unauffällig ungerundete Figur und halblange, braune Haare zu einem praktischen Bob geschnitten. Ihre Frisur wies nicht eine einzige verführerische Locke oder Welle auf. Ihr Gesicht war zumeist ungeschminkt. Auffällig waren ihre hervortretenden, hohen Wangenknochen. Nichts, was man im üblichen Sinne als auffällig attraktiv bezeichnen würde.

„Bitte, hübsche Lady, mein Taxi und ich stehen zu deiner vollen Verfügung", lud der charmante Taxifahrer sie jetzt ein, die angeforderte Taxifahrt – seine angeforderte Leistung – in Anspruch zu nehmen.

Leonie verstand. Zeit war Geld – als studierte Wirtschaftlerin hatte sie diese Doktrin zu genügend gehört.

KAPITEL 2

Schnell stieg sie in das Taxi, dessen Tür der Taxifahrer so galant aufgehalten hatte und nannte ihren Zielort: ein möbliertes, kleines Appartement. Es lag in der Nachbarstadt, das besonders verkehrsmittelgünstig lag und verhältnismäßig günstig war. Um sich diese Studentenbude leisten zu können, hatte sie als Studentin zwei Kleinstunternehmen bei ihrer Buchhaltung geholfen und äußerst sparsam gelebt.

An diesem besonderen Tag, der Abschlussfeier ihres Bachelorstudiums der Betriebswirtschaft wollte sie sich jedoch ein Taxi gönnen. Die Heimfahrt, die mit öffentlichen Verkehrsmitteln zu dieser Nachtzeit zwei Stunden dauern würde, konnte sie so auf eine knappe halbe Stunde verkürzen. Leonie meinte, das hätte sie sich nach ihrem hervorragend und in Mindeststudiendauer absolvierten Abschluss verdient. Sie ahnte nicht, dass diese Entscheidung ihr weiteres Leben maßgeblich beeinflussen würde.

„Wollte dein Freund nicht mitfahren?", fragte der Taxifahrer, nachdem er sein Taxi gestartet hatte.

„Ich habe keinen festen Freund", antwortete Leonie kurz.

„Das kann ich kaum glauben – für uns Italiener bist du ein Schönheitsideal", kommentierte der Taxifahrer charmant.

Leonie schwieg. Sollte sie seine Aussage glauben oder sie einfach nur als nettes Kompliment verbuchen?

„Ich habe auch keine feste Sexpartnerin", führte der Taxifahrer die Konversation unbeeinflusst fort.

Leonie wunderte sich über die direkte Ausdrucksweise des Italieners. War dies schon ein Anmachversuch? Leonie war so ungeübt im Flirten, da sie in den letzten Jahren stets mit

Studienkollegen zu tun hatte, die sie als Kommilitonin sahen und nicht als Date.

„Du bist auch ungebunden?", fragte Leonie daher nach.

„Kann man so sagen", grinste der Taxifahrer verschmitzt und zwinkerte ihr kurz zu.

„Das wundert mich. Für uns Deutsche bist auch du ein heißer Typ", reagierte Leonie unsicher, da ihr nicht einfiel, wie sie sonst reagieren sollte. Kaum hatte sie dies ausgesprochen, konnte sie kaum glauben, was sie da gesagt hatte. Da schlug ihr der Alkohol im Blut eindeutig ein Schnippchen.

Der Taxifahrer grinste: „Ich bin Giuseppe – genannt Giusi."

„Ein waschechter Italiener", dachte sich Leonie. „Denen wird viel Charme, Meisterfähigkeiten im Flirten und vor allem ein heißes Temperament vor allem im Bett nachgesagt", huschte es Leonie durch den Kopf. Giusi hatte es geschafft, ihre Gedanken in die erotische Richtung zu lenken. Leonie ärgerte sich, wie beeinflussbar sie war.

„Ich bin Leonie", antwortete sie daher nur höflich.

Sie passierten gerade die Grenze zum Nachbarort. Nun waren es nur noch zehn Minuten oder weniger, bis sie das Haus erreicht hätten, in dem sich ihr kleines Studentenappartement befand.

„Leonie, hast du Lust auf eine Taxifahrt mit Happy End?", fragte Giusi plötzlich ernst nach. Doch seine Augen glitzerten verführerisch in dem Taxi, das durch die nächtliche Beleuchtung der Straßenlampen und Geschäftsschilder, auf eine romantische, flackernde Weise beleuchtet war.

Nur kurz hatte Giusi sie angeschaut, und doch spürte sie eine kribbelnde Welle freudiger Erwartung eines aufregenden Abenteuers durch ihren Körper schwappen.

„Ich hoffe natürlich schon, dass die Taxifahrt ein Happy End hat – ich also gut zu Hause ankomme", antwortete Leonie vorsichtig. Das hatte er doch sicher gemeint oder etwa nicht?

„Das verstehst du also unter ‚Happy End': dass ich jetzt keinen Unfall baue?", grinste Giusi mit einem höchst belustigten Unterton. „Ich hätte gedacht, dass du etwas anspruchsvoller wärst." Nun gluckste er auf.

„Ich will es mal so ausdrücken:", wurde Giusi nun direkter: „Hättest du etwas dagegen, von mir noch ein wenig verwöhnt zu werden, ehe du allein in deine einsame Wohnung zurückkehrst?", fragte er nun direkt nach.

Hunderte von Gedanken und Gefühlen huschten nun durch Leonies Kopf, die sie erst einmal bewältigen, sortieren und dann beruhigen musste, um reagieren zu können.

Ihre Scham wurde schlagartig feucht und schrie: „Ja! Schnapp dir den attraktiven Kerl!" Ihr Verstand riet ihr jedoch, auf dieses unmoralische Angebot „Sex im Auto mit einem fremden Taxifahrer, den sie gerade einmal eine Viertelstunde kannte", nicht einzugehen. So wandte sich Leonie auf ihrem Beifahrersitz hin und her.

„In ein paar Minuten sind wir bereits da. Soll ich vorher noch ein ruhiges, dunkles Parkplätzchen aufsuchen?" Giuseppes amüsierte Stimme verriet, dass ihn noch immer die Schüchternheit von Leonie belustigte.

„Hier gibt es dunkle Parkplätze in der Nähe?", fragte Leonie, um nur überhaupt etwas zu entgegnen.

„Na, sicher doch, die gibt es überall. Man muss sie nur kennen."

„Und was ist mit deiner Zeit? Ich meine, du als Taxifahrer stehst doch unter Zeit- und Leistungsdruck", fragte Leonie weiter.

„Manchmal ist das richtig. Doch es gibt genügend Pausen, vor allem für Taxifahrer, die selbständig arbeiten. Wenn ich diese Taste dort drücke, hört das Taxameter auf, den Fahrtpreis hochzuzählen. Es ist, als würde ich eine Pause machen. Soll ich sie drücken?" Giusi zeigte auf eine beleuchtete, rote Taste.

Leonie schwieg, sich noch immer unschlüssig im Sitz hin- und herwälzend.

„Du willst doch, traust dich nur nicht, begeistert zuzustimmen, richtig?" Giusi drückte die rotleuchtende Taste aus und lenkte das Taxi bereits auf eine dunkle Nebenstraße.

Kapitel 3

Plötzlich explodierten die bisher zurückgedrängten, prickelnden Gefühle in Leonies Unterleib und durchfluteten ihren ganzen Körper. Ihr Nicken war zwar von ihren Hormonen ferngesteuert, doch es war durchaus ehrlich gemeint. Ihre Hormone strömten durch ihre Adern und fokussierten sich in ihrem Schoß. Ihr Körper wollte all das. Nur warten wollte er nicht länger.

„Wusste ich es doch. So eine junge, wunderschöne Frau liebt es, von Männern auch als eine solche behandelt und verwöhnt zu werden." Giusis Stimme war nun genauso dunkel geworden, wie die Straße, von der er inzwischen auf einen Feldweg abgebogen war.

„Doch, wenn du nicht mehr willst, was wohl bei meinen Liebeskünsten nicht vorkommen wird, sag einfach ‚Stopp', okay?", klärte Giusi die Formalitäten, ehe er nach ein paar weiteren Metern in einer dunklen, einsamen Parkbucht anhielt.

„Der Mais steht schon hoch auf den Feldern. Hier wird uns keiner entdecken", flüsterte Giusi, ehe er das Autolicht abschaltete und sich abgurtete.

Leonies Herz pumpte inzwischen heftig vor ungeduldiger Erwartung und Verlangen nach Berührung. Doch sie rührte sich nicht. Was würde sie erwarten? So lange war sie keinem Mann mehr nah gewesen, zumindest nicht auf erotische Weise. Erst jetzt bemerkte sie, wie sehr ihr Körper dies vermisst hatte.

„Aha, du bist also die Sorte Frau, die sich passiv ihrem Liebhaber ausliefert, ihrem Herrn unterwirft und dabei seine bösen Fantasien in vollen Zügen genießt", hauchte Giusi ihr ins Ohr.

Ein Klicken ertönte. Giusi hatte ihren Sicherheitsgurt aus der Schnalle springen lassen. Leonie hatte das Gefühl, als hätte er bereits begonnen, sie auszuziehen.

Giusi ergriff mit Zeigefinger und Daumen die metallene Schlosszunge. Mit dem vorderen, schmalen Teil der Schlosszunge fuhr er nun sanft an ihrem Körper über ihrer Kleidung hoch zu ihren Brüsten.

Leonie bedauerte sehr, dass sie aufgrund ihres engen Büstenhalters nicht viel spürte. Dennoch ließ dieser sanfte Druck über ihren Brustwarzen ihr Becken leicht nach vorne und ihre Beine auseinander schnellen.

Giusi lächelte zufrieden auf und zog die Schlosszunge nun zu ihrem Venushügel herunter. Er kreiste mit ihr über ihren Hügel, ihre Oberschenkel hoch und herunter. Die Kreise wurden immer kleiner und plötzlich zog er dieses feste Metallteil an ihrer Scham entlang. Hoch und herunter – fester und dann nur ganz leicht.

Leonie konnte ein quälendes Stöhnen nicht unterdrücken. Sie wünschte, sie hätte keine dickstoffliche Hose, sondern einen Rock angezogen – am besten noch ohne Schlüpfer. Ihr Unterleib zuckte.

„Na, ist das nicht ein wirkliches Happy End der Taxifahrt?", fragte Giusi leise.

Nein, Leonie nickte nicht. Er würde doch jetzt nicht aufhören. Das Streicheln würde doch nicht etwa das einzige sein, was Giusi zu tun gedachte. Auch, wenn es verdammt gut war, unglaublich erregend, doch es reichte ihr nicht, sie zum Höhepunkt zu bringen. Und genau da wollte sie hin. Mit nichts weniger wollte sie sich in diesem Moment zufriedengeben.

Leonie spreizte ihre Beine nun noch stärker – als Aufforderung. Giusi veränderte nichts. Mit einem Druck, zu weich, um ihren Kitzler genügend zu reizen, doch zu fest, um nur zu kitzeln, führte er die Gurtzunge an ihrer Scham hoch und herunter, an ihren Oberschenkelinnenseiten vorbei und wieder zu ihrer Scham zurück.

Irgendetwas schien neben dem Taxi zu rauschen, doch es interessierte Leonie nicht. Was immer es war, sie saßen im Taxi und sie war nur noch auf ihre Gefühle ihrer Scham konzentriert. Um Giusis Handeln zu beschleunigen, strich Leonie mit ihrer linken Hand an seinem Oberschenkel entlang und suchte seine Männlichkeit, seinen Schalter zu seinem forscheren Vorgehen unter ihre Kleidung. So hoffte sie.

Leonie spürte sie, die große, harte Ausbeulung an Giusis Schritt. Geschickt öffnete sie den Knopf seiner Jeans und zog den Reißverschluss herunter.

„Kannst du es etwa nicht mehr abwarten?", fragte Giusi mit rauer Stimme.

Leonie schüttelte vehement den Kopf.

„Ich konnte ja nicht ahnen, dass du dir unter ‚Happy End' noch mehr meiner verdorbenen Verführungskünste vorgestellt hast", neckte Giusi sie. Dann ließ er ihren Gurt samt Schlosszunge in den Umlenker zurückziehen.

„Zumindest der Gurtstraffer funktioniert schon mal reibungslos", versuchte Leonie ihn anzuspornen.

„Nicht so gut, wie mein bestes Teil", grinste Giusi.

„Was noch zu beweisen wäre", konnte sich Leonie nicht verkneifen.

Mit einem Ruck öffnete Giusi die Beifahrertür und mit einem zweiten Ruck stieß er Leonie aus der Tür heraus. Sie schrie auf. War sie jetzt zu weit gegangen?

Doch Leonie schlug nicht auf dem Feldboden, der Wiese oder den Maishalmen auf. Sie landete weich auf einer weichen, elastischen Unterlage, die sich wie eine Luftmatratze anfühlte.

„Gefällt dir meine kleine Finesse, die ich in das Taxi eingebaut habe?", fragte Giusi sie, der in Windeseile das Taxi umrundet haben musste und nun neben ihr stand.

„Das ist der Rauswurf für alle Frauen, die sich genauso gutgläubig abschleppen lassen, wie ich? Was sagen die anderen denn dazu?" Leonie steckte der Schreck noch in den Gliedern, der leichten Ärger in ihr hochsteigen ließ.

„Bisher hat sich keine Frau bei mir über irgendetwas beschwert", zwinkerte Giusi. „Allerdings habe ich bisher natürlich nur betrunkene Störenfriede herausgeworfen, und damit sie sich nicht verletzten, diese Weichfallmatte eingebaut", beteuerte Giusi zudem mit gespielter Unschuldsmiene.

„Außerdem, wenn du nicht im Geringsten geahnt hättest, was ich dir anbiete, wärst du nicht gutgläubig, sondern dumm oder sagen wir mal lieber blond oder weiblich naiv gewesen."

„Was willst du denn damit sagen?", beschwerte sich Leonie.

„Dass du jetzt dein süßes Mündchen halten sollst, damit ich das zu Ende bringen kann, was ich begonnen habe."

Leonies Verstand wollte sich dagegen auflehnen – sie war schließlich eine Akademikerin und damit qualifiziert für Führungspositionen und Unternehmensgründungen. Da war sie weder blond naiv noch eine kleine Befehlsempfängerin. Doch ihr Verlangen schaltete ihr Gehirn einfach aus. Ja, er sollte zu Ende bringen, was er ihrem Körper versprochen hatte. Wonach ihre pochende Scham verlangte. Leonies Ärger war schlagartig verpufft und zurückblieb eine dringende Bitte an Giuseppe: die, nach Befriedigung ihrer pochend-kribbelnden Vagina.

„Okay, dann lege los", versuchte Leonie möglichst unbeeindruckt zu wirken. Ihre Augen, die sie kurzzeitig zur besseren Konzentration geschlossen hatte, suchten in der

Dunkelheit nach Giusi. Gegen den helleren Nachthimmel mit funkelnden Sternen erblickte sie ihn, seine Silhouette. Er war nackt!

„Ziehe dich aus", befahl Giusi ihr, doch im gleichen Moment hockte er schon neben ihr und seine Hand war unter ihr edles Shirt und sogar unter ihren engen Büstenhalter gerutscht. Leonie spürte den spannenden Druck an ihrem Rücken. Er knetete unbeachtet des einengenden Büstenhalters ihre Brüste. Nichts schien eine unüberwindbare Hürde für ihn zu sein, um seine und ihre Leidenschaft zu stillen. Giuseppe roch so gut – nach Mann – nach haufenweise Testosteron – nach Weichheit und Dominanz – nach Erfüllung und Hochgenuss.

Leonie streifte eilig ihren sommerlichen Blazer aus und ihr Shirt über ihren Kopf. Als sie ihren Büstenhalter am Rücken öffnen wollte, hielt Giusi ihre Armgelenke fest. „Das ist doch wohl Männersache", raunte er. Geschickt, als sei es sein Beruf, den er täglich acht Stunden lang ausübte, löste er die Haken aus den Ösen und warf Leonies Büstenhalter in sein Taxi.

Einen Moment betrachtete er ihre Brüste, als handelte es sich um ein berühmtes Meisterwerk, das wertzuschätzen und zu bewundern war. Dann beugte er sich vor und nahm eine Brustwarze in seinen Mund. Er zog so fest daran, dass Schmerz und süße Qual sich in Leonie abwechselten.

Es war hypnotisch, berauschend und fesselte all ihre Sinne auf das, was Giusi gerade mit ihr tat.

Nur im Hintergrund merkte Leonie, wie Giuseppe ihre Hose öffnete. Sie hob ihren Po, damit er sie herunterziehen konnte und tat dasselbe, als er ihren Slip entfernte. Doch ihre Sinne hingen nun an seiner geübten Zunge, die sich mal fordernd klopfend, mal weich umkreisend, mal leidenschaftlich saugend ihren Brustwarzen widmete.

Leonie spürte immer wieder sein steifes, hochgerichtetes Glied, das an ihren Venushügel klopfte, während er sich über sie beugte, um ihre Nippel zu verwöhnen. Irgendwann, sich windend und beugend vor wollüstigem Verlangen stöhnte Leonie ein ungeduldiges „Einlass gewährt".

Giuseppe lachte auf. „Noch nicht", raunte er und seine erfahrenen Lippen sowie seine lustbringende Zunge beschäftigten sich nun mit derselben Intensität mit ihren Schamlippen, wie sie es zuvor mit ihren Brustwarzen getan hatte.

„Bitte mache dem ein Ende – ein Happy End", flehte Leonie inzwischen hemmungslos.

„Eine erweiterte Auslegung des Happy Ends", grunzte Giusi.

„Du willst mich doch auch – ich spüre es doch", winselte Leonie. Fast hätte sie aufgeschrien, denn nun bahnte sich ein Finger den Weg in ihr Lustzentrum: ihre Vagina. Es war befriedigend und antörnend zugleich. Es war Schokolade, an der sie riechen durfte, sie jedoch nicht bekam. Denn ein Finger reichte in ihrem Zustand nicht, um sie bis zum Höhepunkt zu schleudern. Schon hatte Giusi zudem seinen Finger herausgezogen.

„Lege dich bäuchlings auf die Kühlerhaube", forderte er. Seine Stimme brach, was Leonie erneut anheizte.

„Ich bin nackt, jedermann könnte mich sehen und...", doch ihre Stimme erstarb völlig.

„Blödsinn – nicht hier und nicht in dieser Dunkelheit. Doch selbst wenn, wäre es so schlimm, wenn sie Applaus klatschen würden?"

Leonie schluckte. Seine ihr geschilderte Vorstellung heizte sie an. Sie sah sich, auf dem Bauch auf der noch warmen Motorhaube liegend – nackt – von Giuseppe gefickt, der heiße

Italiener, der seinen Schwanz immer wieder hart in sie hereintrieb. Zuschauer lachten über ihre erniedrigende Position, dem erregenden Sex, ihrer Geilheit, dem Spaß und sie kam. Bereits bei dieser Vorstellung hatte ein Orgasmus ihren Körper überrollt. Ihr Körper erzitterte. Sie stöhnte laut und unbeherrscht, doch sie war noch nicht satt. Der Hunger danach, ihn, seinen Schwanz, endlich in sich zu spüren wuchs nur umso mehr.

Benebelt und nur noch getrieben nach diesem Gefühl der endgültigen Vereinigung tat sie, was Giusi gefordert hatte. Splitterfasernackt, wie sie war, legte sich Leonie auf die Kühlerhaube des Taxis und reckte ihm ungeniert ihr Hinterteil entgegen. Durch die Kälte der Nacht spürte sie ihre Nacktheit noch deutlicher. Der kühle Wind streichelte ihre von innen heiß erregte Haut, ihre Brüste, ihre Pobacken, ihre Beine und ein Laut von Erleichterung und Überraschung entglitt Leonies Mund.

Giuseppe war mit einem harten, festen Stoß in sie eingedrungen. Sie spürte ihn in sich: seinen Schwanz, seine Erregung und alles Weitere überließ sie ihren Instinkten...

Wilde Leidenschaft wurde in Leonie entfacht, die sich ihm entgegenbäumte. Giusi zog sie an ihren Haaren, sodass sie sich ihm entgegenbog und er ihre Brüste umfassen und zusammendrücken konnte.

Leonie stöhnte in Ekstase, wandte sich, bog ihm ihren Hintern anbietend entgegen, sodass er noch etwas tiefer in sie eindringen konnte.

Giusi rammelte sie, intensiv, unermüdlich, hart, bis er seinen Samen in sie verspritzte.

Da sie jedoch noch vor Leidenschaft wimmerte, ließ er seine beiden erfahrenen Finger den Rest machen. Mit einem lauten

Aufschrei sank Leonie nur ein paar Sekunden später von der Motorhaube in sich zusammen. Fast apathisch hockte sie auf dem Boden vor dem Taxi. Erschöpft und unendlich zufrieden.

KAPITEL 4

„Alles okay?", fragte Giusi sie.

„Ja – das war der absolute Hammer", flüsterte Leonie. „Ich bin ja so fertig."

Giusi lachte sehr fröhlich. „Nun, ich als Taxifahrer sollte dich jetzt wohlbehalten nach Hause fahren", schlug er vor.

„Und was machst du?", fragte Leonie.

„Süße, ich habe noch den Rest meiner Schicht abzuleisten", erinnerte Giusi sie.

„Stimmt", Leonie kehrte langsam wieder in die Realität zurück.

„Danke für meine wunderschöne Pause, Leonie, doch nun muss ich leider weiterarbeiten", erklärte Giuseppe.

„Ja, klar", Leonie empfand Dankbarkeit und wollte ihrem One-Night-Stand auf keinem Fall Steine in den Weg legen. Schnell zog sie sich an. Auch Giusi saß nur kurze Zeit später angezogen und mit ordentlich gekämmten Haaren in seinem Taxi.

Er startete den Wagen. Beide schwiegen während Giusi seine Gerade-noch-Geliebte nach Hause fuhr. Doch es war eine zufriedene, wohlige Stille.

„Wieviel schulde ich dir – alles zusammen?", fragte Leonie, als Giusi ein paar Minuten später vor ihrem Wohnhaus anhielt. Ihr Portemonnaie hielt sie bereits zahlungswillig in der Hand.

Doch sofort zuckte sie zusammen. Giusi war doch wohl kein Callboy oder Stricher, der Geld für seine sexuellen Dienstleistungen verlangen würde, auch wenn sie es durchaus Wert gewesen wären?

„Also", überlegte Giuseppe, „das Taxameter zeigt für die Fahrt nach der Pause 6,80 Euro an. Hier kannst du es sehen."

Er zeigte mit seinem rechten Zeigefinger auf die Anzeige des Taxameters. „Nach der Fahrt von der Hochschule zum Feld, also vor unserer kurzen Pause", dabei zwinkerte Giusi ihr verschwörerisch zu, „stand 17,60 Euro auf dem Display, was du jetzt allerdings nicht mehr kontrollieren kannst."

„Nun ja, seinem Liebhaber sollte man schließlich vertrauen können", merkte Leonie an und hoffte, dass es bei der Summe von 24,40 Euro bleiben würde.

„Eigentlich…", stockte Giusi. Leonie schwieg und zählte in Gedanken ihr Bargeld nach. Einen Fünfziger hatte sie noch. Mist, das würde wohl nicht reichen, denn Liebesdienste waren wohl nicht ganz billig, vermutete sie. Allerdings war vorher nicht über seine Dienstleistungsgebühr gesprochen worden. Hoffentlich war das kein Fehler, hoffte die Wirtschaftlerin.

„Das kann ich nicht machen", Giusi hatte sich offensichtlich entschieden.

„Was kannst du nicht machen?", fragte Leonie nach. Da Giusi jedoch nicht gleich antwortete, fuhr sie fort: „Die Taxifahrt kostet summa summarum Euro 24,40, richtig?", drängelte Leonie nun.

„Ja, meine Chauffeurdienste würden dich exakt 24,40 Euro kosten. Das hast du sogar mit Alkohol im Blut und Hormonen im Kopf korrekt ausgerechnet." Giusi zwinkerte ihr wieder zu.

Doch Leonie war nicht nach Scherzen oder Flirten zumute. Verdammt, wenn er seine Liebesdienste noch hinzurechnete, müsste er sie zum Geldautomaten fahren, wodurch alles noch teurer würde. Dann würde sie die nächsten Wochen statt Mensa-Essen wohl mit mager belegten Butterbroten Vorlieb nehmen oder sich um einen weiteren Nebenjob bemühen müssen, bis sie eine besser bezahlte, feste Stelle gefunden hätte. Leider wurden Wirtschaftsstudiumabsolventen, die es inzwischen wie Ameisen auf dem Waldboden gab, attraktive Jobangebote nicht gerade hinterhergetragen. Die

Auswahlverfahren waren umfangreich und bis zur Entscheidung für einen der hunderten Bewerber brauchte es viel Zeit und viele Butterbrote.

„Ich habe nur noch fünfzig Euro in bar dabei", offenbarte Leonie. „Ich dachte ursprünglich, es würde für die Taxifahrt reichen."

„Tut es auch, aber...", schon wieder stockte Giusi. „Okay, ich gebe dir noch den Rest zum Fünfziger, schließlich hattest du auch etwas davon", rückte er mit der Sprache heraus.

„Was? Du willst mir Geld geben?", japste Leonie nach Luft.

„Du warst toll. Das war ein einmaliges Abenteuer. Deine Taxikosten übernehme ich natürlich auch."

„Ich bin doch keine Nutte", protestierte Leonie.

„Stelle dir einfach vor, du wärst eine. Ich habe mit dir einfach gemacht, wonach mir war, nachdem dein heißer Körper mich aufgegeilt hat. Ich habe mich an dir bedient, wie an einem Büfett mit süßen Früchten und verführerischen Desserts. Ich habe meine Finger in Öffnungen deines Körpers gesteckt, die mich angemacht und gelockt haben. Ich habe dich erniedrigt, entehrt und zum Höhepunkt gezwungen. Ich habe genau das getan, wonach mir war, bis ich restlos befriedigt war. Das ist genau das, was ein Freier mit einer Nutte macht – okay, einer Edelnutte. Also nimm das Geld. Du hast es dir wirklich verdient."

Giuseppes Worte hatten sie erregt. Sie ließen ihre Scham wieder heiß und feucht werden. Es war aufregend und enorm kribbelnd, sich vorzustellen, man wäre als Hure – als eine erotische, anziehende Frau – reduziert auf die körperlichen Reize – von einem Freier ausgesucht und gebucht worden – benutzt, wie eine Sexpuppe – zur Befriedigung des männlichen Verlangens.

Giusi grinste. „So, nun aber ab ins Bettchen, meine willige Nutte. Dein Freier muss jetzt wieder arbeiten, um vielleicht bald wieder solch eine heiße Hure wie dich zu finden."

Leonie nickte, auch wenn ihre Wangen vor Scham und Erregung glühten.

„Hast du eigentlich mal daran gedacht, dein Geld mit Liebesdiensten zu verdienen?", fragte Giuseppe sie plötzlich unvermittelt. „Du kannst die Männer echt heiß machen."

Leonie erinnerte sich prompt daran, dass ihre Studienkollegen sie nicht als eine Frau sahen, sondern nur als liebe Kommilitonin. Niklas, der jeder halbwegs attraktiven Frau hinterher sah, hatte noch nie versucht, mit Leonie zu flirten. Selbst, wenn sie nach einer Klausurphase mit reichlich Alkohol gefeiert hatten und seine Hemmungen dadurch gesunken waren. Oftmals verschwand er dann mit einer weiblichen Begleitung aus der Studentenkneipe, doch er hatte nie Leonie in Erwägung gezogen, was sie auch bisher nicht gestört, eher amüsiert hatte. Sie war hinter Maximilian her, schon vom ersten Tag während des Studiums, als sie sich zufällig neben ihn gesetzt hatte. Maximilians Stimme war immer sanft und weich, doch Leonie hatte ihn nie flirten gesehen. Am wenigsten mit ihr. So umwerfend konnte ihre erotische Ausstrahlung auf das männliche Geschlecht doch nicht sein. Vermutlich wollte ihr italienischer Gerade-Noch-Liebhaber nur seinen Charme spielen lassen.

„Vielen Dank für dein tolles Kompliment, Giusi, doch ich denke, dass ich mit dem, was ich studiert habe, mehr Geld verdienen kann", antwortete Leonie lachend.

„In Komplimenten stecken auch oft Wahrheiten, hübsche Dame", flüsterte Giuseppe ihr ins Ohr.

Leonie legte kurz zum Dank ihre Hand auf die von Giuseppe auf seinem Schenkel und stieg dann beschwingt aus.

Bevor sie die Taxitür ein wenig zu forsch zuschlug, hörte sie noch Giuseppes Stimme: „Empfehle das Taxi Letizia bitte weiter."

KAPITEL 5

Verwirrt stieg sie in ihrer Wohnung unter die Dusche. Sie war reicher, als sie es vor zwei Stunden gewesen war. Ihre Ausbeute waren ihre Absolventenprämie in Form eines Verrechnungsschecks, eine hocherotische Erfahrung, Lohn für Liebesdienste und eine spontane Idee, mit derer sie die wildesten, sexuellen Fantasien mit ihrem abgeschlossenen Studium vereinen könnte. Als sie ihre Wohnungstür langsam aufgeschlossen hatte, hatte sich nicht nur das Türschloss geöffnet, sondern auch ihr Kopf für eine bahnbrechende Idee hinsichtlich ihrer beruflichen Zukunft.

Würde Leonie ihren Studienfreunden von ihren zugegebenermaßen recht ungewöhnlichen Plänen erzählen können? Waren sie nur alkohol- und hormondurchflutete Gehirngespinste oder eine Supererleuchtung? Waren sie wirklich realisierbar? Wenn Leonie ihre Pläne verwirklichte, würden Niklas und Maximilian es sowieso erfahren und sie war jetzt schon auf die teils erstaunten, teils schockierten Gesichter gespannt. Ihre Studienkollegen waren, genau wie sie, inzwischen Profis im Erkennen von lukrativen Geschäften. Zumindest bestätigten dies ihre Abschlusszeugnisse des Betriebswirtschaftsstudiums. Sie würden bestimmt, früher oder später, die Genialität ihrer Idee erkennen können.

Leonie entspannte sich zunehmend, während das angenehm, warme Wasser der Dusche ihre Haut streichelte, massierte und Wohlgefühl schenkte.

Erinnerungen an nächtliche Träume stiegen in ihr hoch: prickelnd, erregend voller Verlangen, die sie bisher erfolgreich aus ihren Gedanken verbannt hatte. Nun stiegen sie blubbernd hoch, befreit von der Last des Verbotes und dem Bedauern, diese Begierden niemals befriedigen zu können. Schon gar nicht als angehende Akademikerin.

Manche Studentinnen taten es dennoch, doch den Mut hatte Leonie bisher nicht aufgebracht. Sie wollte einen unbelasteten Start in die Arbeitswelt, alles perfekt gestalten und hatte ihre Bedürfnisse darüber vergessen.

Wie gut hatte ihr der verdorbene Sex mit Giusi getan. Er hatte einen dicken Felsbrocken in ihrem Innern gelöst, der ihre Leidenschaft für Erotik und den Mut zur kreativen Gestaltung ihres zukünftigen Lebens einfach abgesperrt hatte. Als sie vor Jahren ihre sexuellen Träume weggesperrt und als unerfüllbar abgehakt hatte, war dies mit Trauer und schmerzhaften Sehnsüchten verbunden gewesen.

Doch Giusi hatte ihr gezeigt, dass sie nicht verzichten musste. Geistiger Erfolg musste die körperliche Erfüllung nicht ausschließen. Die Erfüllung von Sehnsüchten, von Träumen, von Ideen – all das war möglich. Alles, was sie brauchte, war Mut, Tatkraft und den Glauben an sich selbst.

Leonies Körper vibrierte. Ihr Herz hüpfte und ihr Kopf sandte immer mehr Bilder und Sequenzen aus ihren erotischen Träumen.

Sie stellte die Wassermenge des Duschstrahls ein wenig herunter, sodass das warme Nass nur noch ihre Haut streichelte, während die Tropfen über ihre Schulter, ihre Brüste und über die aufgerichteten Nippel herabliefen. Leonie schloss ihre Augen und empfand die Bäche des herablaufendenden Duschwassers als Finger eines Liebhabers. Unvorhersehbar, sanft und erhitzt liebkosten sie ihre feuchte Haut. Sanft strichen sie über die Brustwarzen, die ein wollüstiges Prickeln in ihren Schoß schickten. Die Finger strichen immer noch behutsam ihren Bauch herunter – viele Finger – von zumindest einem, besser noch: zwei Liebhabern.

Leonie trat einen kleinen Schritt vor, um nun direkt unter dem tropfenden Duschkopf zu stehen. Die warmen, streichelnden Finger glitten nun auch an ihrem Rücken entlang, bis sie ihr Gesäß erreichten. Langsam fuhren sie die Form ihres schmalen Hinterns nach, um Leonie noch sanfter und zögerlich an der Hinterseite ihrer Oberschenkel zu benässen. Mindestens einer der aufgeheizten Liebhaber würde sie gleich von hinten nehmen wollen. Leonie spürte es – die Spannung – ihr Verlangen – ihre Sehnsucht nach animalischem Sex: überall, rücksichtslos, nur zur egoistischen Triebbefriedigung.

Andere Finger strichen unaufhörlich ihren Bauch entlang, spielten mit ihrem nur teils rasierten Schamhaar. Vereinzelt erreichte der eine oder andere begehrliche Finger ihre Schamlippen, um sie noch mehr zu befeuchten. Die Finger, die dann noch ihre Oberschenkelinnenseiten liebkosten, entfachten in Leonie heftiges Verlangen nach intensiver Berührung und das raue Eindringen eines leidenschaftlichen, erigierten Gliedes in ihre Muschi. In ihrem Unterleib kribbelte und vibrierte es, als würden harmlose, flauschige Hummeln sanft und immer wieder gegen ihre Vaginawand fliegen.

Giuseppe hatte alle ihre sexuellen, unersättlichen Gefühle befreit, die sie seit ihrer Jugend im Griff und später in einer geheimen Truhe versteckt zu halten versucht hatte. Leonie bog und wandte sich den Duschfingern entgegen und wusste, dass sie von ihnen nicht mehr erwarten konnte als sanfte Streicheleinheiten.

KAPITEL 6

Als ihre Wohnungsklingel schrill ertönte, erschrak Leonie und konnte ihre letzte Verrenkung nicht mehr genügend ausbalancieren. Sie rutschte mit einem dumpfen Aufprallgeräusch in die Duschwanne, zu der sich noch das Scheppern ihrer fast vollen Duschgel-Plastikflasche gesellte, die sie beim Sturz, in der Hoffnung, irgendwo noch Halt zu finden, von dem Haken gezogen hatte.

Einen Moment lang lag Leonie regungslos in dem Duschbecken, um den Schreck zu verdauen und den Schmerz wegen möglicher Verletzungen abzuwarten.

Doch die Einzigen, die nach wie vor pochten, waren ihre Lustperle und der hartnäckige Klopfer an der Wohnungstür.

„Ist alles in Ordnung? Ich habe einen lauten Knall gehört", rief eine männliche Stimme aus dem Flur. Leonie kannte diese Stimme, doch sie rührte sich dennoch nicht.

Ungeduldiges Läuten der Wohnungstürklingel und ein kräftiges Klopfen folgte.

„Hier ist Giuseppe. Ich wollte dir nur deine Geldbörse bringen, die du im Taxi liegen gelassen hast. Bitte melde dich, wenn du kannst. Sonst rufe ich den Notarztwagen. Ich habe einen lauten Knall aus deiner Wohnung gehört. Hoffentlich bist du nicht verletzt." Giusis Stimme hinter der Wohnungstür klang nun sehr besorgt.

Langsam zog sich Leonie aus dem Duschbecken hoch. Erstaunlicherweise tat nichts weh. Der Schmerz, auf den sie regungslos gewartet hatte, blieb aus. Noch nicht einmal einen entstehenden blauen Fleck konnte sie spüren oder entdecken.

„Ich komme, Giusi. Ich muss mir nur kurz etwas überziehen", rief Leonie nun.

„Ist alles in Ordnung mit dir?", fragte Giusi durch die geschlossene, hellhörige Wohnungstür.

„Alles gut", beruhigte Leonie ihn, um dann hinzuzufügen: „Jedenfalls bin ich nicht verletzt". Schnell zog sie sich einen kuscheligen, weißen Bademantel über und öffnete Giusi die Tür.

„Was hat denn bei dir so gescheppert. Ich befürchtete schon, du wärst gefallen oder so", waren Giusis nächtliche Begrüßungsworte, nachdem sie sich erst vor einer knappen Stunde verabschiedet hatten.

„Bin ich auch – beim Duschen, aber ich habe mich wohl nicht verletzt", bemerkte Leonie kühl. Inzwischen wäre ihr lieber, er würde wieder gehen. Er hatte so viele Gefühle in ihr entfesselt, womit sie erst klarkommen musste.

„Kann ich kurz hereinkommen?", fragte Giusi.

„Ich dachte, du müsstest noch arbeiten? Aber, ja, von mir aus komme kurz herein."

Giusi schloss hinter sich ganz leise die Haustür. „Hier ist deine Geldbörse". Giusi hielt sie in seiner rechten Hand hoch. „Anscheinend habe ich die seltene Begabung, dass die Frauen in meiner Gegenwart alles andere um sich herum vergessen."

„Ich gebe zu, dass es vorhin mit dir am Feldweg richtig heiß war. Das liegt aber auch daran, dass ich eine...", Leonie suchte nach dem richtigen Ausdruck, „...aktive und explosive Frau bin."

„Ein erotischer Vulkan", bestätigte Giusi mit seiner säuselnden, männlich tiefen Stimme.

„Also danke dafür, dass du mir mein Portemonnaie gebracht hast – hoffentlich vollständig", lenkte Leonie gedankenverloren ab. Giusis Bemerkung hatte ihre Vagina wieder vibrieren lassen. Mist! Bekam sie denn nie genug?

Giuseppes Miene verfinsterte sich plötzlich.

„Ich mache dich glücklich, ohne Lohn wohlgemerkt! Ich übernehme deine Taxifahrt, zahle dir Lohn für deine Liebesdienste und bringe dir zudem deine Geldbörse zurück – sozusagen frei Haus geliefert - und du glaubst, ich bestehle dich dann? Du hältst mich also für einen unmoralischen Stricher und Betrüger, der gerade das macht, was ihm einfällt?"

„Nein – doch das, was heute...", doch Leonie kam nicht mehr dazu, ihren Satz zu vollenden.

„Dann muss ich meinem Image, das du dir von mir gemacht hast, wohl gerecht werden. Gerade fällt mir ein, dass du dir eine Strafe dafür, dass du mich für einen unmoralischen Dieb hältst, redlich verdient hast. Und du weißt sicher, wie man zu freche Frauen angemessen bestraft?"

Erschrocken wich Leonie einen Schritt zurück. „Das kannst du nicht machen. Ich bin unter dem Bademantel nackt."

„Umso besser", grinste Giusi, legte die zierliche Leonie mit einem Ruck über seine Schulter und trug sie zielsicher in ihren Wohn- und Schlafraum ihres Appartements. Er setzte sich auf die Couch und hob die zappelnde, protestierende Frau scheinbar ohne jegliche Mühe von seinen Schultern, um sie bäuchlings auf seine Knie zu platzieren.

Leonie wedelte mit ihren Armen und Beinen und hoffte, sich so von Giuseppe losreißen zu können. Doch dieser Mann hatte einen eisernen Griff. Leonies linke Brust lag schon frei und berührte seine Jeans. Mit einem Ruck klappte Giusi ihren Morgenmantel hoch, sodass ihr vorhin von den Wassertropfen verwöhntes Hinterteil sich ihm nun nackt entgegenstreckte.

„Das kannst du nicht machen", wiederholte Leonie ächzend.

Statt einer Antwort hörte sie ein lautes Klatschen hinter sich und spürte unmittelbar danach ein Brennen auf ihrer rechten Pobacke. Sie sehnte sich nach den sanften Duschfingern zurück, doch unerbittlich folgte Giusis nächster Schlag auf ihrer anderen Pobacke. Es zwiebelte, prisselte und dieses Gefühl wanderte tiefer – wie es vorhin die Wassertropfen getan hatten: tiefer bis zu ihrer Vagina, um dort ein forderndes Ziehen zurückzulassen.

Giusis nächster Schlag war sanfter und der Vierte erinnerte eher an ein Tätscheln.

Nun reckte sich ihm Leonies Hinterteil auffordernd entgegen. Sie wollte es härter, sodass das Vibrieren bis zu ihrer innersten Scham reichen würde.

„Du traust dich wohl nicht mehr? Oder bist du etwa schon erschöpft?", forderte Leonie ihn heraus.

„Bettelst du jetzt etwa um härtere Schläge? Habe ich das richtig verstanden?"

„Mach es einfach!" Leonie war langsam alles egal. Sie wollte und brauchte die Stimulation, die sie zu dem Gipfel der Befriedigung führen würde.

„Wie heißt das?", Giusi hatte offensichtlich einen Riesenspaß dabei, sie in ihrer Geilheit betteln zu lassen.

„Bitte, schlag mich! Hart." Endlich spürte Leonie ein erneutes Brennen auf ihrem Po, das sich nun besonders intensiv ausbreitete. Und noch eine Vibration. Und noch einmal eine. Der Schmerz wurde immer süßer. Er entführte sie immer mehr in das Reich der puren Sinnlichkeit, dem tatsächlichen Verlangen.

Leonies Scham schien vor Kribbeln zerspringen zu wollen – sie stöhnte und keuchte vor Wollust.

Nur verschwommen bekam sie mit, wie Giusi sie umdrehte und rücklings auf den Boden legte. Er beugte sich über sie und drang in sie ein. Sein Glücksstab peitschte heftige Vibrationen in ihrer Vagina auf. Er stieß fest zu – voller Verlangen. Es tat ihr so gut, seine Geilheit zu spüren – seine Stärke und Wucht in sich aufnehmen zu können – ihrer Bestimmung zu folgen –

in süßen Gefühlen zu versinken – sich dem Hochgenuss hingeben zu können – sich von der Ekstase davontragen zu lassen – und nach dem heiß ersehnten Höhepunkt die bodenlose, körperliche Glückseligkeit zu erfahren.

Noch nach Luft schnappend spürte Leonie, dass auch Giusi auf seine Kosten kam. Sein Glücksstab schien sich gar nicht beruhigen zu wollen, was Leonie ein weiteres Glücksgefühl verschaffte.

Schlaff und schwer atmend ließ sich Giusi irgendwann neben Leonie auf den Zimmerteppich fallen, nachdem er sein reichliches Pulver in ihr verschossen hatte.

„Alle Achtung", keuchte Leonie bewundernd.

„Das Kom...pliment ge...be ich gerne zu...rück", schnaufte Giusi und lächelte Leonie an.

Nachdem beide wieder ein wenig zu Luft gekommen waren, meinte Leonie: „Entschuldigung für meine dumme Bemerkung vorhin mit dem Portemonnaie und seiner Vollständigkeit. Ich war wohl nicht so ganz bei mir."

Giuseppe grinste. „Das habe ich gemerkt. Unbefriedigte, geile Frauen sind zuweilen ungenießbar."

„Ich war gar nicht geil", log Leonie protestierend.

„Nein? Deine Augen hatten fiebrig verlangend geglänzt. Mir kannst du nichts vormachen. Ich bin ein Frauenkenner", ächzte Giusi belustigt.

„Idiot", entgegnete Leonie, widersprach jedoch nicht wirklich mehr.

„...aber ein fingerfertiger", ergänzte Giusi.

„Wieso bist du ein fingerfertiger Idiot?"

„Ich gebe zu, deine Geldbörse absichtlich entwendet zu haben, um dich besuchen zu können und sie dir zurückzugeben. Es fehlt aber nichts darin. Sie war sozusagen nur ein Pfand."

„Taschendiebqualifikationen hast du also auch noch", stöhnte Leonie.

„So durcheinander, wie du vorhin das Taxi verlassen hast, brauchte ich die nicht. Ich brauchte dich nur leicht anzustupsen, da fiel deine Geldbörse auch schon herunter."

„Du nutzt also die Hilflosigkeit von Frauen schamlos aus?"

„Du und hilflos? Na ja, höchstens, weil ich dich nicht schnell genug zum Höhepunkt gebracht habe. Außerdem frage ich mich wirklich, wer heute schamloser war: ich oder du?", zwinkerte Giusi sie an.

„Willst du heute hierbleiben", fragte Leonie ihn unvermittelt, obwohl sie mit ihren neu aufsteigenden Zukunftsplänen und ihren Gefühlen für Maximilian keinen festen Freund gebrauchen konnte.

„Wollen schon, doch ich kann nicht. Ich muss noch meine Taxischicht zu Ende bringen...", stöhnte Giusi theatralisch.

Halb erleichtert, halb enttäuscht verabschiedete sich Leonie kurze Zeit später an der Wohnungstür von ihrem feurigen Liebhaber.

KAPITEL 7

Als Leonie an diesem Abend zufrieden einschlief, träumte sie von einer einschneidenden Erfahrung, die ihr schon so oft als Vorlage für heiße, leidenschaftliche und feuchte Träume gedient hatte.

Ihre beste Freundin druckste ungefähr zwei Wochen vor ihrem achtzehnten Geburtstag in der Schulpause herum.

„Ich plane meine Geburtstagsfeier. Ich will sie diesmal im Keller feiern. Meine Eltern haben dort eine gut ausgestattete Bar und ein Gästezimmer. Da ist genügend Platz für einige Freunde", erklärte Melanie ihr vorsichtig.

„Lassen das deine Eltern zu? Letztlich kann dort alles passieren", antwortete Leonie, stets auf Vorsicht bedacht.

„Sie werden es nicht mitbekommen. Mein Vater macht während der Zeit eine betriebliche Reise nach Osteuropa, um ein großes Projekt vor Ort mit den Auftraggebern zu planen. Meine Mutter darf mitfahren. Ich habe ihnen beteuert, dass es mir wirklich nichts ausmacht, meinen Geburtstag nur mit dir zu feiern, während sie nicht da sind. Sie versprachen mir, dass ich die Feier im großen Rahmen nachholen kann, wenn sie wieder zu Hause sind", erklärte Melanie ernst.

„Also, soll ich deinen Eltern dann bestätigen, dass nur ich bei deinem Geburtstag bei dir war", schlussfolgerte Leonie.

„Ja, das wäre so lieb von dir. Ich kenne meine Eltern. Sie werden am Abend meines Geburtstages anrufen und auch dich aus irgendeinem fadenscheinigen Grund am Telefon sprechen wollen."

„Wenn du deinen Geburtstag feierst, bin ich doch auch dabei. Da dürfte es kein Problem sein, mich ans Telefon zu holen", überlegte Leonie laut.

„Ich wollte dieses Mal in den Geburtstag hereinfeiern, damit nicht zufällig einer der Gäste auch ins Telefon tröten kann oder die Party anhand seiner Lautstärke am Ende der Leitung zu hören ist. Und dich würde ich bitten, am Abend danach bei mir zu sein, wenn meine Mutter anruft." Melanie legte ihre Stirn in Falten. Irgendetwas lag ihrer Freundin noch auf der Seele.

„Das ist kein Problem. Wenn du willst, kann ich bei dir übernachten und den kommenden Tag über beim Aufräumen helfen", freute sich Leonie. Ihren eigenen Eltern musste sie nicht erzählen, dass eine Party gefeiert wurde, während Melanies Eltern nicht da waren. Außerdem war sie schon vor ein paar Monaten achtzehn geworden.

„Das ist der Haken, Leonie. Die Party wird mit Jungs sein und darauf ausgerichtet, dass es eine Party für Erwachsene wird. Du weißt, dass ich für Marco schwärme und ich hoffe, dass ich ihm auf meiner Party näherkommen kann." Melanie trat unsicher von einem Bein auf das andere.

„Eine Party für Erwachsene? Du meinst wohl eine Sexparty? Du weißt, was ich davon halte. Nämlich gar nichts", entrüstete sich Leonie.

„Solche Partys sind heute durchaus üblich. Und wenn ich eine Chance bei Marco haben will, muss ich offen dafür sein. Ich werde achtzehn und als Letzte meiner Partygäste volljährig und wünsche mir diese Party. Ich weiß natürlich, was du davon hältst und daher wollte ich dich nur für den ruhigen Abend an meinem Geburtstag, also den Abend danach, einladen."

„Du bist meine Freundin und lädst mich nicht zu deiner Geburtstagsfeier ein?" Nun wurde Leonies Stimme laut.

„Du darfst gerne kommen und du musst natürlich dort auch nichts mit einem Jungen machen. Aber bitte verdirb mir und den anderen die Stimmung nicht", flehte Melanie.

Leonie zog mit einem zischenden Laut die frische Luft tief ein und wollte gerade loswettern, da bemerkte sie etwas, das sie stumm bleiben ließ. Ein süßer Blitz zog durch ihren Unterleib. Er löste angenehme Gefühle aus, Wärme und Vorfreude. Bisher hatte sie diese Art von Feiern stets für extrem unmoralisch, verdorben und abstoßend gehalten, nun fragte sie sich plötzlich, ob es nicht doch Spaß machen könnte, an solch einer Party teilzunehmen.

„Okay, wenn du es mit deiner Einladung ernst meinst, komme ich gerne. Ich werde niemandem die Laune verderben, das verspreche ich. Zur Not ziehe ich mich einfach zurück", sprudelte es nun aus Leonies Mund.

„Hey, super, ich wusste gar nicht, dass du inzwischen so cool bist. Klar kannst du kommen." Voller Freude umarmte Melanie ihre Freundin, die zum ersten Mal eine Ü18-Party besuchen würde.

Da Leonie sich trotz all ihrer aufkeimenden erotischen Gefühle sicher war, nicht aktiv an all dem teilnehmen zu wollen, was eine Ü18-Party ausmachte, zog sie sich keine Reizwäsche unter ihrem luftigen Kleid an. Da Leonie bisher noch keinen, intimen Freund gehabt hatte, besaß sie so etwas auch gar nicht. Außerdem bezweifelte sie, dass Dessous an ihrer noch recht knabenhaften, zierlichen Figur überhaupt gut ausgesehen hätten. Leonie hoffte, dass sie als sexuelle Spätentwicklerin auch einen Körper besaß, der sich später noch zur rundlichen Frau formen würde. Der Frauenarzt hatte ihr zumindest versichert, dass sich der Körper einer Frau noch bis ungefähr zum dreißigsten Lebensjahr verändern würde.

Leonie war als erster Gast bei ihrer Freundin Melanie, da sie noch beim Dekorieren und Auslegen der Knabbereien sowie Decken und Kissen in den verschiedenen Kellerräumen half.

Einerseits kam es ihr unmoralisch vor, die gerade volljährigen Jugendlichen so zum Sex zu animieren, andererseits war es aufregend. Ein Abenteuer der besonderen Art.

Nach und nach trudelten die anderen geladenen Freunde ein, sechs Jungs und weitere vier Mädchen. Die Anzahl der jeweiligen Geschlechter war von Melanie genau geplant worden. Schließlich sollte jeder einen Partner für diese Party haben.

Leonie hatte jetzt schon Mitleid mit einem der Jungs, der für sie übrigbleiben würde. Sie wollte sich definitiv aus erotischen Handlungen heraushalten.

Der Abend startete sehr fröhlich. In der Bar wurden Tanzlieder gespielt. Nach und nach begannen alle zu tanzen, wobei sie immer näher rücken mussten, da die Tanzfläche sehr klein für diese große Gästeanzahl war.

Immer wieder stieß Leonie mit Simon zusammen, der ihr dann stets zuzwinkerte. Leonie mochte den blonden Simon gerne. Er war immer hilfsbereit, lustig und nicht so frech wie die anderen Jungs. Während Leonie ausgelassen zu der wunderschönen, rhythmischen Musik tanzte, konnte Leonie sich immer besser vorstellen, mit diesem jungen Mann zu knutschen. Vielleicht auch ein wenig mehr. Doch das erste Mal wollte sie sich für einen Mann aufbewahren, den sie vom ganzen Herzen liebte.

Irgendwann bemerkte Leonie, dass die Tanzfläche immer leerer geworden war. Nur noch Melanie, Marco, Simon und sie bewegten sich zu den Melodien. Plötzlich kam Simon auf sie zu. Er legte die Arme um sie und blickte mit glänzenden Augen auf ihre Lippen. Still standen beide so auf der Tanzfläche und Leonie wurde es abwechselnd heiß und kalt vor Aufregung. Das Abwarten auf ihren ersten Kuss war peinlich, aber auch aufregend. Irgendetwas kribbelte und pulsierte in ihrem Bauch. Und es war ein schönes Gefühl.

Nun kam Simon näher und seine Lippen legten sich sanft auf ihre. Dann umschlungen seine Arme ihren Körper förmlich. Es war ein warmes Gefühl der Nähe. Leonie begann, vor Aufregung schwer zu atmen. Als sich Simons Zunge den Weg durch ihre Lippen bahnte und sanft ihre Zunge liebkoste, wurden Leonies Knie weich. Sie hatte schon so viel über den ersten Kuss gelesen, aber es war viel schöner und vor allem aufregender als erwartet. Es war leidenschaftliche Magie.

Plötzlich ergriff Simon mit seinen beiden Händen ihre Pobacken und drückte ihren Unterleib an seinen Schwanz, dessen Schwellung deutlich spürbar war. Simons Hände griffen tiefer und heftiger in ihre Gesäßbacken und ein Finger berührte dabei ihre Intimzone.

Als hätte sie einen Stromschlag bekommen, löste sich Leonie aus dem Kuss und Simons Umarmung. „Ich bin noch nicht so weit", flüsterte sie atemlos.

„Das ist okay", lächelte Simon.

„Wenn du mehr willst, komme mit uns mit", hörte Leonie jetzt Melanies Stimme. „Marco und ich kommen jetzt zum gemütlichen Teil und ich denke, ein Dritter würde noch für ein wenig mehr Abenteuer sorgen", säuselte Melanie nun.

Unentschlossen blickte Simon von Melanie zu Leonie und zurück.

„Geh ruhig zu Melanie", bestätigte Leonie. Dann erinnerte sie sich an das Versprechen, das sie ihrer besten Freundin gegeben hatte. „Ich möchte euch derweil gerne zuschauen und lernen", grinste sie.

„Super Idee", quiekte Melanie. „Marco, Simon, kommt, das wird heiß. Auch noch mit einem Zuschauer", lockte sie die beiden nun mit einer extrem belegten Stimme.

Sie zog Marco hinter sich her zu einem der Kellerräume, die sie vorhin mit Kissen und Decken ausgestattet hatten. Simon folgte ihnen und auch Leonie trottete ein wenig unsicher hinterher. „So schnell wird man zum Spanner", ging es Leonie durch den Kopf und sie musste grinsen. Sie spürte noch immer Simons Finger an ihrem Damm und es war ein schönes, aufregendes Gefühl, das jedoch auch quälend nach mehr verlangte.

Leise hockte sie sich in die Ecke des Kellerraumes, in dem Melanie schon mit Marco auf der Decke saß und knutschte. Simon saß daneben und war sich noch nicht sicher, was er mit seinen Händen in dieser Situation anfangen sollte. Er blickte ein wenig hilflos zu Leonie herüber.

Als Leonie sah, wie Marco ihrer Freundin das Kleid über den Kopf zog und Melanie plötzlich splitterfasernackt vor ihm saß, fielen plötzlich auch alle Hemmungen von Leonie ab. Marco nahm Melanies Brustwarzen in den Mund und Melanie stöhnte auf. Oder war es Leonie gewesen? Schon allein die Vorstellung, ein Mann würde sie nackt sehen und ihre Brüste berühren, ließ ihren Körper erbeben.

Plötzlich saß Simon bei ihr. „Ich würde lieber mit dir..., aber nur, wenn du willst. Wir müssen auch nicht zusammen schlafen", stotterte er nervös mit glasigen Augen.

Leonie nickte nur. Ihr Verstand und ihre Widerstände hatten sich vollkommen abgeschaltet. Ihr jugendlicher Körper war voller Energie, Leidenschaft, Verlangen und erotischer Abenteuerlust.

Ganz sanft öffnete er den Reißverschluss ihres Kleides. Noch vorsichtiger zog er ihr das Kleid über den Kopf. Leonies Körper bebte, als er flüsterte: „Was bist du hübsch."

Simons Stimme war so weich, wirkte so ehrlich und rücksichtsvoll. Plötzlich war sich Leonies Körper sicher: Simon war der richtige, um in die Welt der erotischen Begierden einzutauchen.

Simon begann nun, Leonies Haut zu küssen, zu lecken und mit seinen Lippen zu liebkosen. Er begann an ihren Schultern und langsam, ganz langsam, rutschten seine Lippen Stück für Stück herunter. Kurz bevor sein Mund ihre Brustansätze erreicht hatte, öffnete Simon sehr gekonnt ihren Büstenhalter und zog ihn über ihre Arme. Dann rutschte auch sein Mund bis zu ihren Brustwarzen herunter, die seine Zunge erst sanft und dann immer heftiger massierte. Seine Lippen umschlossen ihren Vorhof und Simon begann, daran zu saugen - immer leidenschaftlicher, immer heftiger und Leonie stöhnte auf.

Leonie hatte das Gefühl, in eine Parallelwelt geraten zu sein. Alles war verschwommen, fokussiert nur auf die körperlichen Sinne. Anstand und Verstand existierten in dieser Dimension nicht, nur noch das pure Verlangen, die pure körperliche Freude, ein Feuerwerk der Gefühle.

Simons Hände berührten ihre nackte, von Reizen bereits überflutete Haut. Sanft strichen sie ihren Rücken herunter, während seine Lippen ihre steifen Nippel kneteten. Zielsicher wanderten seine Finger hinab bis zu ihrer Hüfte, über ihr Becken nach vorne zu ihrem Slip.

„Ziehe ihn aus und ich zeige dir das Paradies", flüsterte Simon ihr nun zu.

Leonie konnte nichts anderes tun, als zu gehorchen. Sanft, als würde er ein zerbrechliches, dünnes Glas berühren, strich sein Zeigefinger über ihren Venushügel hinab, ganz langsam bis zu ihren Schamlippen herab. Leonies Körper bebte, als er diese empfindsame Stelle erreicht hatte.

Langsam drückte Simon sie herunter, sodass sie rücklings auf dem Kellerboden lag. Leonie spürte nicht die Kälte oder

Härte des Bodens. Sie spürte nur noch Simons Finger, die ihre Muschi kneteten, streichelten und drückten. All ihre Sinne waren nur noch in dieser Region vereint.

Leider nahm Simon jedoch unvermittelt seine Finger zurück und stand auf.

Leonie schaute ihn fragend an. Hatte sie irgendetwas falsch gemacht?

„Einen Moment", vertröstete Simon sie. Dann zog er sein T-Shirt schnell über den Kopf und auch die anderen Kleidungsstücke aus. Nun stand er nackt neben ihr: ein muskulöser, gut gebauter Mann mit einem beeindruckend aufgerichteten Schwanz.

„Leonie, du hast Simon aber ganz schön spitz gemacht", hörte sie Marcos Stimme nur ein wenig von ihnen entfernt.

„Ist doch auch eine klasse Frau", antwortete Simon sanft.

„Genau wie meine Perle", war Marcos Antwort, bevor Leonie Knutschgeräusche von nebenan vernahm. „Toll, jetzt treibe ich es schon beim ersten Mal im gleichen Raum wie meine Freundin mit ihrem Lover", ging es Leonie kurz durch den Kopf. Nie hätte sie solch eine Entwicklung überhaupt für möglich gehalten.

Doch als Simon sich sanft auf sie drauflegte, verschwamm ihre Umgebung wieder völlig im dichten Nebel der körperlichen Leidenschaft.

„Es ist dein erstes Mal, richtig?", fragte Simon leise nach.

Leonie nickte.

„Dann wird es am Anfang ein wenig weh tun", bereitete er sie auf den Ernstfall vor.

„Rede nicht, mach einfach", klärte Leonie kurz. Ihr Verlangen überwältigte sie so sehr, dass sie keinerlei Angst vor Schmerzen hatte.

Simon lachte belustigt auf. „Dafür, dass du bisher als starke Verfechterin von sexfreien Partys galtest, bist du aber enorm rollig."

Leonie, die es kaum noch abwarten konnte, fasste Simon nun tatkräftig an seinen steifen Penis. Simon stöhnte auf.

„Lass das, sonst bin ich vor dir dran", schnaufte er auf.

Dann stieß er langsam, aber bestimmt seinen Schwanz zielsicher in sie hinein.

Ein kurzer Schmerz und dann spürte sie Simon in sich. Ein Gefühl der Vereinigung, wie sie es sich nicht hätte vorstellen können. Langsam bewegte Simon seinen steifen Penis heraus und herein, wobei er jede einzelne Zelle ihrer jungfräulichen Vaginalwand in Ekstase versetzte. Quälend langsam zog er diese Vereinigung durch – langsam, vorsichtig, darauf bedacht, dass keiner von ihnen den Höhepunkt erreichen konnte.

„Jetzt reicht es", befand Leonie. „Geh mal kurz raus."

„Echt jetzt?", fragte Simon enttäuscht, gehorchte aber.

„Leg du dich jetzt auf den Boden", bestimmte Leonie.

Auch dieses Mal gehorchte Simon.

Instinktiv, nur mit dem Wissen aus einschlägigen Zeitschriften ausgestattet, setzte sich Leonie nun auf Simon und führte sein Glied ohne größere Probleme in sich ein.

„Wow, bist du scharf", stöhnte Simon.

Leonies Hüfte bewegte sich von selbst, wurde immer schneller und heftiger. Simon ergriff ihre strammen, kleinen Brüste über ihm, stöhnte laut auf und ergoss sich in Leonie.

Die warme Spritzflüssigkeit, die ihre Vaginalwände zusätzlich reizten, war auch der Auslöser, der sie auf den Gipfel der Lust brachte. Ihre Sinne waren vernebelt, Leonie hörte und sah nichts mehr. Sie spürte nur noch, wie sie den alle Gefühle einnehmenden Höhepunkt erreichte und nach und nach ihre Leidenschaft in einem bunten, lauten Feuerwerk verpuffte. Leonies Becken schlug noch ein paar Mal in wilder Leidenschaft vor und zurück, dann kehrten langsam ihre Sinne wieder zurück in den Keller.

Ihr war heiß und Schweiß tropfte von ihrer Stirn. Leonie saß noch auf Simon. Sein Schwanz steckte noch in ihr. Er war kleiner geworden, aber doch noch gut spürbar. Noch war Leonie nicht bereit, ihn herauszugeben.

Sie hörte, dass Beifall geklatscht wurde. Ein Blick nach rechts bestätigte ihr: Marco und Melanie hatten alles beobachtet, ihr erstes Mal, ihre Leidenschaft, ihre Ekstase, ihren Sex.

„Wow, du bist eine Granate", schnaufte auch Simon unter ihr.

„Granate ist ein gutes Wort. Du bist enorm aktiv und explosiv", kicherte Melanie. Sie war extrem gut gelaunt. Vermutlich war auch ihre erotische Begegnung mit Marco zufriedenstellend verlaufen.

„War das wirklich dein erstes Mal?", äußerte Marco noch Zweifel. „Du hast ihn recht fachmännisch geritten."

„Ich bin halt ein Naturtalent", grinste Leonie und stieg nun von Simon herunter. So langsam dämmerte ihr, dass ihr das, was gerade geschehen war, im Beisein von anderen peinlich sein sollte. War es jedoch nicht. Und gerade das Beifallklatschen der anderen blieb eine äußerst erregende Konstante in ihren nächtlichen Träumen.

KAPITEL 8

Am nächsten Morgen nach einem dieser erotischen Träume, rief Maximilian, ihr Studienkollege, an.

„Ja?", meldete sich Leonie verschlafen. Eigentlich ging sie nie ans Telefon, wenn sie noch nicht ganz wach war. Doch sie und Maximilian kannten sich so gut, dass er sogar einen Zweitschlüssel für ihr Zimmer besaß.

„Noch so müde, Leonie? Du bist doch sogar früher als wir von der Absolventenfeier verschwunden".

„Wenn du wüsstest ...", murmelte Leonie.

„Heute ist doch die Jobmesse, zu der wir alle gehen wollten", erinnerte sie Maximilian.

„Brauche ich nicht mehr – ich mach' mich selbständig", nuschelte Leonie schlaftrunken.

„Bist du betrunken? Oder hattest du über Nacht eine zündende Idee?", neckte sie Maximilian.

„Eher das Zweite – ein Taxifahrer... Das erzähle ich euch lieber später ausführlich. Ich bin noch so müde. Geht doch einfach ohne mich", und schon hatte Leonie aufgelegt.

Doch Leonie kam dennoch langsam zu sich. Nach ein paar Minuten sprang sie nahezu leidenschaftlich aus dem Bett. „Happy Sexy Taxi" sollte ihr Unternehmen heißen.

Mit ihren Studienkollegen hatte sie ständig über Gründungsideen diskutiert und ein eigenes Unternehmen als Gipfel des Erfolgs erachtet. Und was hatte sie das ganze Studium über gelernt, um sich darauf vorzubereiten: „Bei der Gründung eines Unternehmens braucht man Bescheidenheit, Begeisterung, Leidenschaft und Geld." Wobei das Letzte gut über Gründungskredite zu bekommen war.

Zuerst würde nur ein einziges Taxi mit ihr starten. Als geübte Schnelllernerin würde sie den Taxischein problemlos und schnell erlangen und dann in ihre berufliche Zukunft als Unternehmerin starten können. Sie wollte im Rahmen von „Happy Sexy Taxi" Personentransportleistungen und auf Wunsch auch mehr anbieten. Es würde sich hoffentlich schnell herumsprechen: „Happy Sexy Taxi erfüllt all ihrer Wünsche. Erotische Fahrten mit Happy End."

Den ganzen Tag wollte Leonie nun ihren ersten Finanzplan aufstellen und ihre Geschäftsidee detaillierter ausarbeiten. Es sollte ein „normales" Taxiunternehmen werden, das jedoch „besondere" Leistungen, nämlich Sex anbot. Sie würde mit einem Taxi beginnen, Verwaltung, Werbung und auch jegliche Dienstleistungen selbst übernehmen. Wie meldete sie dieses neuartige Mischgewerbe an: als Pufftaxi oder als Fahr- und Blasdienst?

Letztlich müsste sie alle Regeln einhalten, die für Taxibetreiber und für Bordellinhaber galten. Es würde eine Herausforderung für sie werden: erst die Gründung des Unternehmens, die administrative Führung und letztlich ihre Arbeit als Taxinutte.

Leonies Herz sprang freudig in ihrer Brust bei der Vorstellung an ihr zukünftig geplantes Berufsleben auf und ab. Sie würde ihre beiden Leidenschaften vereinen können: wirtschaftliches Denken und Handeln sowie Erotik und Sex. Vielleicht konnte Giuseppe ihr ein bisschen von seinen Erfahrungen berichten?

Doch Leonie schüttelte den Kopf. Ihr Herz pumperte jedoch deutlich – zu deutlich, um nicht beachtet zu werden. Doch Leonie konnte und wollte sich Sentimentalitäten und mögliche tiefere Gefühle für einen weiteren Mann nicht leisten. Sie kämpfte noch mit der unerfüllten Liebe zu dem einen Mann - und das schon seit einigen Jahren. Zudem war gerade Giuseppe ein Gigolo und sie würde eine Nutte werden. Da sollte sie sich tunlichst von Männern, genauer gesagt: von festen Beziehungen und emotionalen Bindungen fernhalten, die mehr als nur ihren Unterleib in Wallung brachten.

Vielleicht würde sie mal Erfahrungen mit Giusi austauschen, wenn aufregender Sex mit Männern nichts Spektakuläres mehr für sie wäre? Würde es den Zeitpunkt geben, an dem sie Sex als Ware, als ihre Dienstleistung, als Alltag betrachten würde? Das konnte sich Leonie nicht vorstellen. Sie liebte Sex, Erotik, das Kribbeln in ihrem Schoß, die Begierde und die ersehnte Erlösung, die für sie etwas Göttliches innehatte. Das würde garantiert nicht zum routinierten Tagesgeschäft von ihr degradiert werden.

KAPITEL 9

Mitten in ihren Grübeleien schellte ihr Handy erneut.

„Maximilian, auch, wenn du es nochmal versuchst. Ich komme nicht mit zur Jobmesse", stöhnte Leonie in ihr Handy, nachdem sie den Anruf durch einen Tastenklick angenommen hatte.

„Falsch geraten – ich bin es, Niklas. Ja, ich habe gerade von Maximilian gehört, dass du nicht mitkommen willst. Hast du schon einen Job, bist du krank oder hast du womöglich einen Kater von gestern?", Niklas hatte Maximilian wohl nicht geglaubt, dass Leonie vorhin telefonisch ihre Teilnahme an dieser Messe gecancelt hatte, da sie sich wie aus heiterem Himmel plötzlich selbständig machen wollte.

„Hallo, Niklas. Falls du darauf anspielst, dass ich heute nicht mit euch zur Messe gehen will, ist das korrekt. Im Prinzip, ja, habe ich einen Job – sozusagen", erklärte Leonie kurz. Niklas' Hartnäckigkeit gepaart mit seiner unstillbaren Neugier war ihr gut bekannt. Wenn sie ihm nun auch mitgeteilt hätte, dass sie eine gute Idee zur Gründung einer eigenen Firma hätte, würde er sie mit solch einer Geduld nach Einzelheiten löchern, dass sie ihm entweder alles haarklein erzählen oder aber unhöflich das Gespräch einfach beenden müsste. Also bestätigte sie nicht das, was Maximilian ihm vermutlich schon gesagt hatte: dass sie sich selbständig machen wollte. Ihre Studienkollegen sollten zur wichtigen Jobmesse gehen und sie hatte genug zu planen und zu organisieren. Außerdem wollte sie ihre doch ein wenig heikle Idee nicht so kurz erläutern. Nicht so zwischen Tür und Angel am Telefon.

Wie sollte sie ihrem Studienfreund erklären, dass sie, die Einserstudentin, als eine Prostituierte im eigenen Taxi arbeiten wollte. Wie sollte sie das überhaupt jemandem in ihrem sozialen Umfeld erklären?

„Du hast einen Job? Maximilian erzählte doch, du willst dich selbständig machen", hörte Leonie Niklas nachfragen. Mist, Niklas blieb hartnäckig.

Doch für Leonie wurde plötzlich glasklar: Entweder sie deklarierte ihre Idee unverzüglich als Hirngespinst oder sie musste zu dem stehen, was sie plante. Alles dazwischen würde fehlschlagen und nur Probleme verursachen. Wollte sie nun ernsthaft ein Taxiunternehmen gründen, das zudem sexuelle Leistungen anbot oder war sie sich noch nicht ganz sicher? Im letzteren Fall sollte sie ihre Klappe halten und ihre beiden Studienkollegen zur Jobmesse begleiten.

„Leonie, bist du noch da? Alles in Ordnung mit dir?", fragte Niklas nun besorgt nach, da Leonie nicht reagiert hatte.

„Alles bestens", antwortete sie nun und holte tief Luft. „Maximilian hat Recht, ich werde ein Unternehmen gründen: das Happy Sexy Taxi."

Die Antwort von Niklas war eine Stille in der Leitung. Er schien sprachlos, was bei ihm höchst selten vorkam. Leonie wartete geduldig.

„Ist das dein Ernst? Du hast solch einen guten Bachelorabschluss hingelegt, nur, um dann ein Taxiunternehmen zu gründen?" Niklas schien tatsächlich nach Luft zu schnappen. Zumindest hörte es sich so durch die Telefonverbindung an.

„Das Happy Sexy Taxi wird kein normales Taxiunternehmen sein, sondern etwas ganz Besonderes, Einzigartiges irgendwie..."

„Mädel, wie willst du aus einem Taxiunternehmen etwas herausstechendes Neues machen, das Kunden besonders anzieht?", zweifelte Niklas mit fast tonloser Stimme an Leonies betriebswirtschaftlichem Sachverstand.

„Na ja, ein Happy Sexy Taxi eben", erklärte Leonie und wunderte sich, dass gerade Niklas zu begriffsstutzig zu sein schien. Der Mann, der sonst in jeder harmlosen Bemerkung noch eine Verbindung zum Sex kreierte, wollte oder konnte ihre Gründungsidee einfach nicht verstehen.

„Happy Sexy Taxi – willst du Drogen im Taxi anbieten oder eine Lebensberatung, sodass deine Kunden glücklich und beschwingt aus dem Taxi steigen?" Niklas' Stimme überschlug sich nun vor ironischer Ungläubigkeit.

„Irgendwie süß deine Herumraterei", fand Leonie. „Drogen sind verboten und professionelle Lebensberatung ohne entsprechende Ausbildung auch", warf Leonie grinsend ein.

„Ja, klar. Willst du im Taxi eine Unternehmensberatung anbieten? Als Wirtschaftlerin darfst du wenigstens das. Aber das wäre doch Wahnsinn! Wer soll denn sowas während einer Taxifahrt in Anspruch nehmen wollen – während der beratende Fahrer am Lenkrad sitzt. Eine mobile Unternehmensberatung sozusagen. Dann solltest du aber den Namen ändern – Happy Sexy Taxi wirkt ein wenig – nun ja, nuttig", sprudelte der lebenslustige, temperamentvolle Niklas heraus.

„Glaub mir, der Name ‚Happy Sexy Taxi' passt voll und ganz", lachte Leonie nun in ihr Handy.

„Nein, der Name passt gar nicht – es sei denn, du willst ein Pufftaxi gründen", widersprach Niklas nun so laut, dass Leonie zusammenzuckte.

„Bingo!", antwortete sie kurz. „Manchmal ist das Naheliegendste doch das Komplizierteste."

„Ähm...", Stille. „Das ist nicht dein Ernst. Du willst mich verarschen. Ja – ja - lustig!" Ärger schwang nun in Niklas' Stimme mit.

„Nein, das ist tatsächlich mein Ernst", antwortete Leonie schnell.

„Taxifahrende Nutten – und du willst Puffmutter werden?"

„Nein – falsch! Ich werde Unternehmerin und fahre selbst mit dem Taxi."

Sekundenlange Stille: „Du...als Nutte oder...?" Niklas konnte es einfach nicht fassen, was Leonie gut verstand.

„Exakt. Ist das nicht eine wirklich revolutionäre Gründeridee für die Menschen von heute? Möglichst viel in kurzer Zeit – Transport und Sex kombiniert", fragte Leonie nach. So langsam machte ihr ihr Outing sogar Spaß.

„Das kann nicht... das – ja, neu ist die Idee schon und Kunden gäbe es sicher auch, aber, wie...?" Niklas war durcheinander und schien seine Gedanken nicht ordnen zu können.

„Also Niklas, kommt doch einfach heute Abend nach eurem Messebesuch bei mir vorbei. Ich erkläre euch alles, aber bitte erzählt das noch keinem anderen", bot Leonie an.

„Ähm, ja – machen wir. Wem soll ich das denn erzählen? Das würde mir sowieso keiner glauben."

„Auch als Wirtschaftlerin ist Kreativität gefragt", scherzte Leonie.

„Ja – Wahnsinn – na, ja – bis heute Abend dann. Ich kann es noch nicht fassen". Niklas beendete das Telefonat. Leonie konnte noch durch das Handy das ungläubige Kopfschütteln ihres Studienkollegen erahnen.

KAPITEL 10

Leonie war aufgeregt. Wie würden ihre Studienkollegen und Freunde auf solch eine exotische Gründungsidee reagieren? Vor allem fieberte sie jedoch Maximilians Reaktion entgegen. Schon fast zu Beginn des Studiums, als sich diese Studienlerngruppe gebildet hatte, entwickelte sie bereits ein Faible für ihn. Seine heitere Art mit dem so häufig verschmitzten Gesichtsausdruck war ein betörender Gegensatz zu seiner eisernen Disziplin und Ernsthaftigkeit während des Studiums gewesen.

Obwohl Leonie zuvor stets mehr auf dunkelhaarige Männer gestanden hatte, liebte sie zunehmend mehr Maximilians aschblonden, halblangen Haare, die er sich oft nachdenklich, oft aber auch äußerst amüsiert aus der Stirn strich. Seine helle Haut wirkte zart, genauso wie seine langen, schmalen Finger.

Was diese Finger wohl mit ihrem Körper anstellen könnten? Würden sie ihre Brüste eher leidenschaftlich kneten oder sanft umfassen – ehrend wie etwas Wertvolles? Wären diese langen Finger genauso geschickt im Verwöhnen ihrer Muschi, wie im Zeichnen einer Konjunkturkurve? Leonies Körper erbebte jedes Mal, wenn sie sich dies vorstellte.

Schon längst hatten Maximilians Finger die uneingeschränkte Erlaubnis, selbst zu den verborgensten und intimsten Stellen ihres Körpers vordringen zu dürfen. Doch Maximilians Finger hatten ihre Sondererlaubnis noch nie genutzt – bisher. Oft ließ sie die Vorstellung, seine langen Finger würden in ihre feuchte Vagina gleiten – möglichst gleich mehrere zusammen - in nicht endende, erotische Tagträume mit ihr und Maximilian versinken.

Maximilian war jedoch nur freundlich und schien mit Männern und Frauen gleichermaßen zu flirten, wenn dieses Grüppchen nach einer absolvierten Klausur am Abend in einer der Studentenkneipen feierte. Doch viel zu oft hatte Leonie mitansehen müssen, wie Maximilians Augen an einem männlichen Körper hoch- und herunter wanderten. Leonie wollte es erst nicht wahrhaben und hätte lieber eifersüchtig zugeschaut, wie er mit Frauen flirtete, als anerkennen zu müssen, dass er möglicherweise auf Männer stand.

Wie würde er bloß an diesem Abend auf ihre Gründungsidee reagieren?

KAPITEL 11

Leonie hatte für diesen Abend einen Nudelsalat vorbereitet und drei Flaschen der von der Lerngruppe bevorzugten Weinsorte gekauft.

Um kurz vor acht schellte ihre Türklingel ihres Studentenappartements. Aufgeregt hauchte Leonie ein „Ja?" in die Gegensprechanlage.

„Hey, wir sind es: Niklas und Maximilian", trötete Niklas' Stimme vor Kraft strotzend zurück.

Leonie betätigte den Türöffnerknopf und öffnete die Wohnungstür.

Zwei Stufen auf einmal nehmend rannte Niklas die Treppen vorneweg in den ersten Stock zu Leonies Studentenappartement hoch. Maximilian war nicht weniger sportlich, sondern eher besonnener und schritt zügig die Stufen hinterher.

Leonie musste grinsen, als sie die beiden Männer sah. Schon die Art des Treppensteigens spiegelte ihr so völlig unterschiedliches Temperament wider.

„Hi, ihr beiden. Kommt rein", lachte sie sie an. Niklas umarmte sie zur Begrüßung kurz und kraftvoll. Maximilian nahm sie zart und ein wenig länger in den Arm. Leonie legte den Kopf an seine Schulter. Er roch so gut. Wie immer. Ein dezentes Aftershave.

Maximilian ließ sie freundlich lächelnd wieder los: „Hey, Leonie. Schade, dass du nicht bei der Jobmesse dabei warst. Der eine oder andere vorgestellte Job hätte dir sicher auch gefallen", begrüßte er sie.

„Bestimmt nicht so gut, wie meine berufliche Planung", grinste Leonie, doch ihr Herz befürchtete, dass Maximilian dem ganz und gar nicht zustimmen würde.

„Du wirst dich wundern", rief Niklas von ihre, Wohn- und Schlafzimmer aus mit vollem Mund. Er hatte sich offensichtlich schon am Nudelsalat bedient.

„Isst du schon wieder etwas?", rief Maximilian zurück.

Niklas' Gesicht lugte ein Stück neben dem Türrahmen hervor. „Leonie hat uns leckeren Nudelsalat hingestellt. Super! So eine Jobmesse macht enorm hungrig."

Maximilian lachte auf und zwinkerte Leonie vertraut zu. „Niklas hat kaum einen Essensstand in der Messe ausgelassen. Aber es sei ihm gegönnt. Wie sagt man so schön: Am Essensstil eines Menschen kann man erkennen, wie er im Bett ist. Sein ständiger Hunger lässt auf eine starke sexuelle Aktivität mit Experimentierfreudigkeit schließen." Maximilian lachte nochmals auf. Seine Augen strahlten.

Leonie erstarrte. Die Idee, dass Maximilian womöglich an Niklas interessiert sein könnte, war ihr bisher gar nicht gekommen.

„Ich kann euch hören", ertönte wieder Niklas' Stimme aus ihrem Wohnzimmer. „An deiner eben geäußerten Lebensweisheit muss aber etwas dran sein. Meine Verflossene hatte gemeint, ich überfordere sie, aber jetzt kommt doch mal her und setzt euch. Der Nudelsalat ist vorzüglich und Wein gibt es auch."

Noch immer grübelnd, ob Maximilian Niklas wohl als attraktiv empfand und somit definitiv auf Männer stände, folgte Leonie Niklas' Aufforderung, sich auf ihre eigene Couch zu setzen. Auf einem der zwei Sessel saß Niklas, der in der Hand einen Abendbrotteller mit einer riesigen, aufgetürmten

Portion des Nudelsalates hielt. Auf dem anderen Sessel nahm Maximilian Platz.

„Was habt ihr denn so lange im Flur getrieben?", fragte Niklas genüsslich kauend nach.

„Das wüsstest du wohl gerne", foppte Maximilian ihn.

„Weiß nicht", nuschelte Niklas weiter. „Wenn du mir fremdgegangen bist, will ich das lieber nicht wissen", konterte Niklas.

„Hey, warum sollte ich das tun – Schatz!", Maximilians Stimme war nun gekünstelt erhoben und seine weißen, langen Finger der rechten Hand hielt er gespreizt von sich.

Leonie gefiel diese Wendung nicht. Daher wollte sie das Thema wechseln. „Und, habt ihr auf der Messe einen Job gefunden?"

„Nö, nicht so wirklich etwas Prickelndes", antwortete Niklas noch immer schmatzend.

„Dann müsst ihr wohl auch etwas gründen", grinste Leonie.

„Wie häufig haben wir darüber schon gesprochen. Und gerade du, Leonie, meintest, dass du dich für das Gründen und Führen eines eigenen Unternehmens nicht eignen würdest", wunderte sich nun auch Maximilian.

„Tja, so kann man sich irren", antwortete Leonie lapidar.

„Oder auch nicht. Vielleicht solltest du uns erst überzeugen, dass du auch fähig bist, deine Gründungsidee erfolgreich zu realisieren", schlug Niklas vor.

„Du meinst doch nicht wirklich, dass ich meine Fähigkeiten für meine Gründung jetzt an euch ausprobiere?", protestierte Leonie. Niklas wusste genau, was sie plante. Schließlich hatte er sie beim Telefonat schon so lange ausgequetscht, bis sie ihm vom Happy Sexy Taxi erzählt hatte.

„Ja, warum denn nicht?", empörte sich Niklas nun lautstark und stellte scheppernd seinen inzwischen leeren Teller auf dem Wohnzimmertisch ab. Leonie waren diese unvorsichtigen Temperamentsausbrüche von Niklas schon gewöhnt und erschrak nicht einmal mehr.

„Mitgehangen – mitgefangen, oder war es umgekehrt?", ereiferte sich Niklas weiter. Dieses Mal jedoch mit einem leerem Mund und einer entsprechend deutlicheren Aussprache. „Wir haben das Studium zusammen gemeistert, die Nächte gemeinsam gelernt, die absolvierten Prüfungen gefeiert und jetzt willst du uns an deinem Erfolg nicht mehr teilhaben lassen? Jetzt sind wir dir nicht mehr gut genug. So sind die Frauen: undankbar und egoistisch, nicht wahr, Maximilian?"

Maximilian nickte grinsend. „Ich weiß zwar nicht, wovon du redest, aber in Bezug auf die Frauen kann ich dir zustimmen."

„Jetzt spuckt Niklas noch große Macho-Sprüche, doch gleich, wenn ich von meiner Gründungsidee spreche, werdet ihr beide den Schwanz einziehen und verklemmt unschuldig und naiv versuchen, es mir auszureden, wetten?", verteidigte sich Leonie augenzwinkernd.

„Das ist wieder typisch Frau. Wir haben uns noch gar nicht wirklich dazu geäußert, doch das Weibsbild weiß schon, was der Mann denkt", empörte sich Niklas theatralisch um sich herumfuchtelnd.

„Begeistert klangst du schon am Telefon nicht gerade", beharrte Leonie.

„So zwischen Tür und Angel, wenn ich noch keinerlei Einzelheiten weiß und du zudem noch unsere gemeinsame Unternehmung absagst, wird niemand begeistert klingen", verteidigte sich Niklas. „Ich könnte mir nämlich tatsächlich vorstellen, dass ich sehr begeistert von deiner Idee sein könnte", ergänzte er schmunzelnd.

„Nun sagt doch mal endlich, worum es genau geht", forderte Maximilian ungeduldig auf.

„Leonie will ein Puff-Taxi gründen", platzte Niklas heraus.

Entgeistert starrte Maximilian Leonie an. „Puff-Taxi? Wie muss ich mir das vorstellen?", fragte er dann langsam nach.

„Nun ja, das ist eine einzigartige Idee, von der ich bis jetzt noch nirgendwo gehörte habe." In Leonies Erklärungen schwang die Begeisterung mit, die sie seit ihrer Taxifahrt mit Giusi nicht mehr losgelassen hatte.

„Leute, wir haben doch gelernt: Sex sells. Also habe ich eine Idee für ein neuartiges Unternehmen entwickelt: ein Taxiunternehmen, dass auf Wunsch die Gäste nicht nur befördert, sondern auch befriedigt."

„Super Idee! Das nenne ich mal: präzise Kundenorientiertheit", reagierte Niklas sofort, doch Leonie zweifelte daran, ob er es auch so gemeint hatte.

Nun blickte sie angespannt zu Maximilian herüber. Seine Reaktion interessierte und befürchtete sie gleichermaßen. Maximilian lachte auf, wurde ernst und schaute dann hektisch von Niklas zu Leonie hin und her.

„Das ist kein Scherz, Kumpel. Leonie wird Puffmutter", reagiert Niklas auf Maximilians Unsicherheit.

„Nein, nein, vorerst nicht", stellte Leonie schnell klar. „Ich werde selbst Taxi fahren."

Nun verschluckte sich Maximilian und hustete.

„Ich habe es euch gesagt. Ihr seid verklemmt. Ihr seid Wirtschaftler. Warum könnt ihr das nicht sachlich beurteilen und das als eine neuartige, kundenorientierte Geschäftsidee erkennen?" Leonie wurde langsam ungeduldig.

„Wenn mir ein Bordellbesitzer von dieser Idee erzählt hätte, hätte ich sie als das empfunden, was du darin siehst. Doch du als Nutte? Du hast die besten Abschlussnoten der Studienkollegen deines Semesters, hast intellektuell was drauf und willst fahrende Nutte werden", äußerte Maximilian nun seine Gedanken.

Leonie war gekränkt. Sah er sie etwa nur als intellektuell begabte Person und nicht wenigstens für einige Männer als attraktive, begehrenswerte Frau? Er sprach von ihren geistigen Fähigkeiten und schien dabei an ihren erotischen Fähigkeiten zu zweifeln.

„Ich will nicht einfach nur Nutte werden, sondern eine leistungsorientierte Unternehmerin mit vollem Körpereinsatz".

Niklas lachte laut auf. „Also eine wohlhabende Edelnutte?"

Leonie würdigte ihn keines Blickes. Doch was hatte sie auch anderes erwartet?

„Kannst du das denn überhaupt: dich mit jedem Kunden einzulassen und seine sexuellen Wünsche zu befriedigen? Egal, ob er alt, jung, unsauber oder betrunken ist? Würde es dir gefallen, ständig aufreizend und hochgeschminkt herumzulaufen? Als Studentin warst du immer nur schlicht angezogen und wirktest auch nicht geschminkt", argumentierte Maximilian nun ernsthaft. Da waren wieder die Zweifel an ihrer Attraktivität und Fähigkeit, zufriedenstellende Liebesdienste an alle Kunden zu erbringen. Leonie hatte sie schon vorhin aus Maximilians Reaktion herausgehört.

„War ich dir bisher zu wenig sexy gestylt?", antwortete sie zickig.

„Mir nicht. Ich mag dich so, wie du bist - deine Art und so. Doch, wenn man Liebesdienste anbietet, muss man fordernder, aufreizender und verdorbener sein und wirken. Könntest du das und vor allem: Willst du das? Außerdem wollen wir doch vermutlich noch zusammen den Masterstudiengang absolvieren. Hast du daran schon gedacht? Oder hast du dir das inzwischen anders überlegt?"

Maximilian redete sich in Rage. Seine halblange Blondhaarfrisur wippte zu seinem aufsteigenden Temperament. Maximilian lächelte nicht mehr, was nicht häufig bei ihm vorkam. Doch obwohl seine Stimme lauter geworden war, strahlten seine blauen Augen Leonie immer noch weich an.

Leonies Herz hüpfte bei diesem Anblick von Maximilian. Doch auch ihre Hormone strömten zunehmend kopfloser in ihr Blut. Zudem begann Leonies Vagina zu kribbeln und zu pumpen. „Das ist meine Chance", raunte ihr ihr Schoß zu. „Zumindest das Thema stimmt endlich mal."

„Nein, so wie ihr auch Jobs schon neben dem Masterstudium sucht, gründe ich mein Taxi-Unternehmen. Im Gegensatz zu euch kann ich meine Arbeitszeiten sogar flexibel und ohne großes Bitten und Rückfragen auf die Erfordernisse des Masterstudiums ausrichten."

Nun holte Leonie tief Luft: „Und zu deiner Frage, Maximilian, ob ich bereit und fähig bin für erotische Dienstleistung: So kann ich dich wohl nur davon überzeugen, wenn ich es dir zeige." Leonie war sich nicht klar darüber, dass es genau die Forderung war, die Niklas vorhin mehr oder weniger scherzhaft gestellt hatte.

Mit inzwischen zitternder Stimme und klitschnassen Händen lauerte Leonie auf Maximilians Reaktion. Doch nicht nur ihre Hände trieften vor Feuchtigkeit, sondern inzwischen auch ihr Slip. Ihr Blut begann, in ihren Adern zu kochen.

Maximilian grinste verlegen auf, wobei sich ein Grübchen in seiner Wange bildete. „War das sarkastisch gemeint?", fragte er unsicher nach. Ein Blick auf Maximilians Hose verriet nichts darüber, wie sein Körper auf ihr Angebot reagierte. Er trug leider stets lange Shirts, die alles Interessante verbargen.

„Mann, hast du eine lange Leitung, Maximilian. Kein Wunder, dass du schon so lange Single bist, wenn du solch ein

Angebot einer tollen Frau noch hinterfragst. Leonie, klar ich bin dabei", meldete sich Niklas uneingeladen zu Wort. „Was ist mit dir, Maximilian", fragte Niklas ganz ungeniert. „Auch interessiert?"

Maximilian schaute zögernd von Niklas zu Leonie und zurück. „Zu dritt also – mit dir, Niklas, und mit Leonie?", fragte er ungläubig nach.

„Du glaubst doch nicht, dass wir dich nur schmachtend zuschauen und leiden lassen. Aber, wenn du nicht mitmachen möchtest, ist mir das auch sehr recht". Niklas' Stimme hatte sich vor Aufregung überschlagen. Er stand nun und begann, fahrig sein Hemd aufzuknöpfen.

Maximilian schüttelte entschieden seinen Kopf. „Ich will die Freundschaft zu dir mit so etwas nicht riskieren, Niklas."

„Na gut, deine Entscheidung", winkte dieser kurz ab.

Maximilian anzubieten, sich auch mal alleine mit ihm zu erotischen Stunden zu treffen, erschien Leonie dann doch zu aufdringlich. Wenn Maximilian überhaupt wollte und nicht eher nur an Niklas interessiert war oder an keinem von beiden.

Zudem war Leonies Gehirn von dem Kribbeln ihres Körpers, der sich nun vollständig auf ein kurz bevorstehendes, erotisches Abenteuer eingestellt hatte, benebelt. So, wie es aussah, hatte Maximilian kein Interesse an ihr, möglicherweise nicht einmal an Frauen allgemein. Und obwohl sie nicht in Niklas verliebt war, empfand sie ihn als attraktiv und als sehr maskulin. Sie wusste, dass die Frauen ihm scharenweise hinterherliefen und auch noch oder erst recht nach einer gemeinsam verbrachten Nacht. Da sie zukünftig in ihrem Taxi ohnehin viele intime Kontakte zu Männern haben würde, zumindest war es so geplant und erwünscht, war Niklas wohl der ideale Mann zum Einstieg. Wenn Maximilian nun partout nicht wollte, konnte sie leider daran nichts ändern.

„Viel Spaß euch beiden", verabschiedete sich Maximilian in rasender Geschwindigkeit.

„Junge, du weißt nicht, was du verpasst", antwortete Niklas halb vor sich hin.

Leonie blickte nur kurz auf. Es schmeichelte ihr, was Niklas gesagt hatte und ihr Körper verlangte inzwischen quälend leidenschaftlich nach dem, was Maximilian ihm nicht geben wollte.

KAPITEL 12

Mit glasigen Augen und einem fiebrigen Gefühl auf den Wangen schaute Leonie zu, wie sich Niklas auskleidete. Ungeduldig und dennoch mit einer geübten Geschmeidigkeit knöpfte er inzwischen die restlichen beiden Hemdenknöpfe auf. Langsam ließ er dann sein Hemd seine Schultern herabgleiten, während er ihr seinen durchtrainierten und gepflegten Oberkörper darbot. Niklas dunkle Augen funkelten herausfordernd, wild und verheißungsvoll.

Leonie bewunderte seine Brust, die noch ein paar dunkle Brusthaare zeigte, was ihr etwas Natürlich sowie Wildes verlieh. Niklas schien die Wünsche der Frauen gut zu kennen.

Ein süßes elektrisierendes Kribbeln durchzog Leonies Körper. Niklas' Mundwinkel zogen sich hoch.

„Nun bist du dran, Süße." Seine Stimme war rauchig-dunkel geworden und berührte sie direkt im Innersten ihres Schoßes. Leonie konnte ein tiefes Aufkeuchen nicht unterdrücken.

„Geil bist du jedenfalls schon. Für den Rest bin ich zuständig", lächelte Niklas sie an und ging auf sie zu.

„Ich weiß nicht. Wir...sind...doch...Freunde", stotterte Leonie überwältigt von ihrer erotischen Begierde, die Niklas plötzlich in ihr ausgelöst hatte.

„Du...Freundin...danach...auch...noch", antwortete Niklas, sie mit seiner rauchig-dunklen Stimme imitierend.

Sie nickte kurzatmig. Nun breitete Niklas seine Arme aus, um Leonie einzuladen, mit ihm Körperkontakt aufzunehmen und das Liebesspiel zu beginnen.

Angesichts von so viel verführerischem Testosteron schaltete ihr Gehirn nun vollkommen ab. Ihr Körper bebte. Mit einem Ruck zog Leonie ihr enges Shirt über den Kopf.

Unglücklicherweise verfing sich eine Haarsträhne in dem Stil eines der großen Schmuckknöpfe am Shirt. Nun hing ihr Shirt fest und bedeckte ihr Gesicht. Ungeduldig zog sie ruckweise daran. Die Haarsträhne, die sie mit dieser Aktion abreißen würde, war ihr jetzt egal.

„Moment, Süße, ich helfe dir", bot sich Niklas an und schon spürte sie seine warmen, leicht rauen Hände an den ihren, um ihr das Kleidungsstück und die Befreiungsarbeit abzunehmen.

Er stand nun direkt vor ihr, verströmte einen einzigartigen, maskulinen Duft, wie kein Aftershave es hätte besser machen können. Während Niklas noch an dem Knopf ihres Shirts herumfummelte, um ihre Haare aus dem Knopfstiel zu wickeln, griff sie mit beiden Händen sanft nach vorne – dahin, wo der verführerische Duft herkam.

Ihre Hände ertasteten warme, straffe Haut. Ihre Augen waren noch immer durch das festhängende Shirt bedeckt, doch ihre anderen Sinne arbeiteten umso intensiver. Sie sog seinen Geruch ein, wie ein Hungriger den Bratenduft eines Hähnchens. Ihre Finger glitten sanft über Niklas' Brust, spürten nahezu jede Faser seiner Muskeln. Sie ertastete seinen Bauch und glitt unzüchtig tiefer bis zu seiner Jeans. Etwas Hartes wölbte sich ihr dort entgegen und sie begann diese verheißungsvolle Stelle zu streicheln.

„Fertig", flüsterte Niklas nun auch keuchend und zog ihr das befreite Shirt über den Kopf, um es dann mit aller Kraft durch das Zimmer zu schleudern.

Nun legte er beide seiner kräftigen Hände um ihre Pobacken und drückte ihren Unterleib fest an die Stelle seines steifen Schwanzes. Sie spürte ihn ganz deutlich – seinen riesigen Glücksstab. Wäre dieser Stoff nicht zwischen ihnen, würde er sie finden: ihre heiße Grotte. Sie würde ihn in sich aufnehmen, geradezu in sich hereinsaugen, würde erfüllt von ihm sein und von der leidenschaftlichen Glückseligkeit – in Erwartung der allumfassenden Erlösung.

Doch der Stoff ihrer Hosen verhinderte dies. Leonie spürte, wie Niklas ihre rechte Pobacke losließ. Ein Finger wanderte langsam, sanft berührend an ihrem Rücken herauf und umkreiste den Verschluss ihres Büstenhalters. Ihr Körper erzitterte vor Erwartung, wie er ihre Brüste umfassen und streicheln würde.

Leonie drückte sich fester an Niklas' Unterleib und glaubte zu spüren, dass Niklas' Schwanz an Steife und Größe noch weiter zugenommen hatte. Wow! Wie weit würde er in ihr vordringen? Welche unerforschten Lusthöhlen würde er in ihrer Grotte entdecken und zum Klingen bringen? Welche Abenteuer erwarteten sie mit diesem Mann, dieser Reinheit der Männlichkeit?

Mit nur der einen Hand öffnete Niklas nun geschickt den schmalen Verschluss ihres Büstenhalters. Leonie spürte, wie ihre Knie weich wurden. Niklas ließ sie los, trat einen Schritt zurück und streifte ihr den Büstenhalter von den Schultern. Seine noch immer funkelnden Augen eines Tigers wanderten zu ihren Brüsten herunter. Ein anerkennendes Lächeln gefolgt von einem Nicken trieb Leonie die Schamesröte ins Gesicht und die Feuchtigkeit in ihre Grotte.

„Heiße Hure mit geilen Titten, muss ich schon sagen", drückte Niklas seine Beurteilung aus, während er ihr in die Augen sah. Wollte er prüfen, ob sie auf Dirty Talk stand?

Leonie keuchte erneut auf. Sie stand momentan auf alles, was mit Berührung, Sex und Leidenschaft zu tun hatte.

„Nimm mich endlich", rutschte es Leonie heraus, deren willige Grotte nun die Führung übernommen hatte.

„Sich so anzubiedern ist aber nicht anständig. Das tun nur unartige Mädchen", setzte Niklas sein quälendes Spielchen fort.

Leonie durchfuhr ein Schreck der Wollust. Was hatte Niklas denn noch vor? Wenn er sie nicht bald nahm, würde sie vor lauter Geilheit platzen. „Ich bin auch ganz brav jetzt, aber bitte fick mich endlich. Du willst es doch auch."

Flehend schaute sie Niklas an, dessen Körper ebenfalls bebte. Doch er schien geübter darin zu sein, solch unerträglichen, leidenschaftlichen Erwartungen auszuhalten.

Leonie musste die Führung übernehmen und ihn dazu bringen, nach Sex zu betteln.

Sie kniete vor ihm nieder. Mit zitternden Händen, aber dennoch erstaunlich geschickt öffnete sie den Kopf seiner Jeans und zog vorsichtig den Reißverschluss auf. Mit einem kräftigen Ruck schob Leonie sodann seine Jeans zusammen mit seinem Slip seine Beine hinab.

Freudig über das Beenden seines engen Martyriums streckte sich ihr Niklas' Schwanz in stattlicher Größe entgegen.

„Wow!", entfuhr es Leonie, bevor alles in ihr sie dazu drängte, die Eichel seines Prachtexemplars mit ihren Lippen zu umschließen. Niklas stöhnte laut auf, was bis zu ihrer Lustperle vordrang, die ihr süßes Pulsieren sofort verstärkte.

Beherrscht langsam tastete ihre Zunge Niklas' Eichel ab. Sein Lustsaft schmeckte salzig und wirkte auf Leonie extrem aphrodisierend. Ihre Zunge umspielte die Schwanzspitze schneller und heftiger, während ihre Muschi von erwartungsvoller Erregung durchzogen war und ihr Slip spürbar klitschnass war.

Nun führte Leonie den Schaft von Niklas' Luststab so tief in ihren Mund, dass er ihn ausfüllte und seine Eichel an ihren hinteren Gaumen stieß.

„Es reicht jetzt", stöhnte Niklas über ihr. „Noch einmal und ich kann für nichts garantieren."

Doch Leonie hörte nicht auf. Sie ließ seinen Schwanz ein wenig aus ihrem Mund herausgleiten, sodass ihre Zunge wieder seine Eichel umspielen konnte. Sein salzig-süßer Lustsaft peitschte Leonies Blut noch mehr auf. Was auch immer aphrodisierend darin wirkte, es schickte zunehmend erregende und kribbelnde Blitze durch ihre Lustperle.

„Bitte Leonie, hör auf und leg dich hin. Bitte, ich will dich ganz ausfüllen - sofort!", bettelte nun Niklas sie ungeduldig an.

Schnell entließ Leonie seinen Schwanz aus ihrem Mund. Sofort ging auch Niklas auf die Knie und drückte sie seitwärts an den Schultern auf den Boden. Hektisch schwebten seine Hände zu ihrem Jeansverschluss. Sein Handrücken streifte auf dem Weg ihre rechte, steife Brustwarze. Wollüstig stöhnte Leonie auf und ihr Körper bog sich ihm entgegen.

„Ich liebe deine sexy Brüste, aber ich habe jetzt leider keine Zeit mehr, sie zu verwöhnen", hauchte Niklas und fummelte schon an ihrem Hosenknopf herum. Seine warmen, jetzt schwitzigen Hände berührten ihren Bauch und beim Herunterziehen ihrer Hose zudem noch ihren Venushügel. Sie wusste genau, warum er es so eilig hatte. Auch sie verging vor Verlangen nach der ultimativen Vereinigung.

Niklas rutschte zurück, zog solange an den Beinen ihrer Jeans, bis er die Hose in der Hand hielt und sie wegschleudern konnte. Ihr Slip ließ sich leichter herunterziehen.

Noch schneller entledigte er sich seiner Hose und dem Slip, die ihm noch in den Kniekehlen hingen.

Leonies Vagina pumpte bereits in gieriger Vorfreude. Ihr Kitzler schien zerspringen zu wollen, so sehr war er bereits gewachsen. Leonie atmete schwer. Ihr Gehör war getrübt. Sie sah Niklas über sich – mit fiebrig glänzenden Augen und einer feuchten Stirn. Gleich würde er in sie eindringen, seinen Super-Lust-Stab in sie stecken und zusammen den Berg der Lust erklimmen.

Leonie spreizte einladend ihre Beine. Statt des Schwanzes ließ Niklas jedoch blitzschnell zwei Finger in ihre Muschi wandern.

Ein süßer Blitz durchfuhr Leonies Schoß. Sie konnte und wollte sich jetzt nicht mehr beherrschen. Sie stöhnte mehrmals laut auf – nein sie schrie geradezu.

Niklas zog seine Finger zurück, legte sich sanft auf sie und stieß sein Prachtstück von Schwanz bis zum Anschlag in sie herein.

Die Flut der Leidenschaft ergriff Leonie und überschwemmte all ihre Sinne mit Gefühlen, die aus einer wunderbaren anderen Welt stammen mussten. Glücksgefühle mischten sich mit unendlicher Erleichterung. Ihr Becken stieß rhythmisch ohne eine ihr bewusste Steuerung Niklas entgegen und sie schrie weiterhin ihren Orgasmus in das Zimmer heraus.

Doch sie kam nicht zur Ruhe, denn sofort stellte sich ein erneutes Pochen und Kribbeln in ihrer Vagina ein. Niklas stieß nun sein Glied immer wieder mit voller Leidenschaft in sie hinein. Sie spürte seinen Hodensack, der ihren Damm prügelte. Sie spürte Niklas' muskulösen Körper, der feucht auf ihr lag und sich abmühte – genauso in Ekstase wie sie – keuchen, stöhnend, gesteuert durch sein tierisches Verlangen.

Sein Glücksstab drang in die tiefsten Regionen ihrer Grotte vor, die bei seinen Stößen vor Wonne explodierten.

Ein tiefer Aufschrei und dann spürte Leonie, wie Niklas seinen heißen Samen an die Innenwände ihrer Vagina spritzte und einen dabei erotischen Punkt getroffen haben musste.

Leonie bäumte sich wieder auf. Erneut versank sie in das glückselige Gefühl des erleichternden Blitzgewitters, das sie auf ihren Höhepunkt schleuderte, um sie dann wie die Samen einer Pusteblume langsam im Wind hoch- und herunter zu Boden zu schaukeln.

KAPITEL 13

Leonie atmete tief ein und aus und genoss dabei den Moment des absoluten, hormonellen Glücks. Dann verstärkten sich ihre Sinneswahrnehmungen langsam wieder.

Niklas schnaufte noch auf ihr liegend. Ihre Körper glitschten aneinander.

„Ich kann nochmal", kündigte Niklas mit solch einer atemlosen Stimme an, dass Leonie auflachen musste.

„Aber bitte brich mir hier nicht zusammen", foppte sie ihn. „Das wäre keine gute Werbung für meine zukünftigen Liebesdienste im Happy Sexy Taxi."

„Keine Sorge, ich bin kerngesund und durchtrainiert. Außerdem könnte man das werbewirksam vermarkten, wenn ich hier zusammenklappe: ‚Hure bringt Mann dazu, sich zu Tode zu ficken'. Puh, gib mir ein paar Sekunden, dann geht es wieder", stöhnte Niklas und rollte sich von Leonie herunter auf den Rücken. „Du hast mich tatsächlich ganz schön fertig gemacht", grinste er schnaufend.

„Das freut mich zu hören". Leonie setzte sich auf. „Du warst aber auch phänomenal".

„Das weiß ich – bin ich nämlich immer", grinste Niklas.

„Das sind die Worte eines Machos", konterte Leonie und stupste Niklas an der Schulter an.

Nun richtete sich auch Niklas auf. „Du warst ja ganz außer dir", zwinkerte er ihr zu. „Du hast so laut geschrien, dass ich befürchtete, dass die Nachbarn gleich die Polizei holen." Niklas atmete inzwischen wieder ruhiger.

„Fishing for compliments, Niklas?"

„Nein, das ist die absolute Wahrheit", schmollte Niklas gekünstelt. „Du hast es doch auch gehört, Maximilian, oder?" Niklas schaute an Leonie vorbei und fixiert etwas hinter ihr.

Sie erschrak und drehte sich ruckartig um.

„Leise warst du nicht gerade, Leonie", bestätigte Maximilian, der sich dann räusperte.

„Ich dachte, du wärst gegangen. Hast du uns die ganze Zeit zugeschaut?", fragte Leonie beschämt und erregt zugleich. Instinktiv verbarg sie sinnloserweise ihre noch immer dunkelroten, aufgerichteten Nippel mit ihrem rechten Arm.

„Joah", gab Maximilian zu. „Es war faszinierend, dass ihr...", doch dann brach seine Stimme ab.

„Zieh dich aus und komme zu uns. Jetzt sind wir gerade richtig warmgelaufen", forderte ihn Niklas auf und rutschte demonstrativ ein Stück zur Seite.

Leonie reagierte nicht. Einerseits war ihr diese ganze Situation mit ihren vertrauten Studienkollegen irgendwie doch peinlich. Andererseits erregte es sie zutiefst, dass Maximilian ihnen beim Sex zugeschaut hatte. Gerade Maximilian, für den sie so viel empfand. Schon die Vorstellung, er würde sich nun nackt mit erotischen Absichten zu ihnen gesellen, machte sie heiß – vorausgesetzt natürlich, er stünde nicht nur auf Niklas.

Doch Maximilian schüttelte hektisch den Kopf. „Nein danke, aber ich habe genug gesehen und zudem keine Zeit. Genau, ich habe vergessen, dass ich heute Küchenputzdienst habe". Und weg war Maximilian.

„Den haben wir wohl ein wenig überfordert", grinste Niklas, als sie nun hörten, wie die Wohnungstür hektisch ins Schloss geworfen wurde.

„Wollen wir noch einmal?", fragte er Leonie aufmunternd, während er sein Becken rhythmisch nach vorne stieß, um zu untermalen, was er meinte.

„Nein, ich denke nicht. Ich habe den Eindruck, dass wir beide ganz schön erledigt sind", lehnte Leonie ab. „Ich glaube, ich habe dir nun ausreichen bewiesen, dass ich für meine

Unternehmensgründung bestens vorbereitet bin. Wenn du mehr willst, kannst du bald eine Taxifahrt beim Happy Sexy Taxi mit mir buchen". Sie stand auf und sammelte ihre verstreuten Kleidungstücke ein.

„Ich hoffe nicht, dass ich mich dann als Letzter in der Warteschlange einsortieren muss", scherzte Niklas, während auch er sich anzog.

„Schön wär's", lachte Leonie.

„Na, hast du schon Zweifel an dem Erfolg deiner revolutionären Geschäftsidee?", fragte Niklas jetzt nach.

Leonie schüttelte den Kopf. Doch sie wünschte sich innigst, dass auch Maximilian eines Tages eine solche Taxifahrt bei ihr buchen würde. Auch, wenn sie immer mehr ahnte, dass dies sehr unwahrscheinlich wäre. Sie hoffte sehr, Maximilian mit dieser erotischen Aktion nicht weggestoßen zu haben.

KAPITEL 14

Am nächsten Morgen, als Leonie gerade am Frühstückstisch saß, klingelte es an der Tür. In Gedanken mit der Planung ihrer Happy Sexy Taxi-Unternehmung beschäftigt, drückte sie auf den Türöffner für die Haustür in der sicheren Annahme, es wäre wieder der morgendliche Postbote. Kaum saß Leonie wieder am Frühstückstisch, klopfte es ungeduldig an der Wohnungstür.

Mit einem Einschreiben oder Päckchen, das der Briefträger nicht einfach in die Innenbriefkästen werfen konnte, sondern sie persönlich aufsuchen musste, hatte sie nicht gerechnet. Neugierig und noch immer geistesabwesend öffnete sie die Wohnungstür. Zu ihrer großen Freude erblickte sie Niklas und Maximilian, die mit zwei Brötchentüten, einer Flasche Orangensaft und einem riesigen Nutellaglas vor ihrer Wohnungstür standen.

„Hey, Jungs, ihr kommt gerade richtig. Ich wollte soeben mit dem Frühstück beginnen", begrüßte Leonie sie warmherzig. Als hätte sich am Vortag nichts Besonderes zwischen ihnen ereignet, nahmen sie alle auf der Wohnzimmergarnitur Platz.

„Wir haben uns etwas überlegt", begann Niklas das Gespräch sofort auf den Grund ihres morgendlichen Besuches zu bringen.

„Moment", unterbrach sie Leonie. Sie ergriff das große Nutellaglas und drehte den weißen Plastikdeckel gekonnt mit einem lauten Knirschen auf. Dann frickelte sie das Schutzpapier ab. Nun versenkte sie ihren Kaffeelöffel tief in dem Nutellaglas und zog es so heraus, dass auf der Löffelmulde ein möglichst großer Haufen dieser köstlich, braunen, fett-glänzenden Haselnusscreme zurückblieb. Mit geschlossenen Augen genießend schob sie sich den Löffel dann in ihren Mund, nahm mit den Lippen jedoch nur die oberste Schicht der Nutellacreme ab. Dann leckte sie sich ihre Lippen ab.

„Mein Gott, ist das lecker. Eine sündige Versuchung", schnurrte Leonie, bevor sie mit ihren feuchten Lippen wieder sanft über den Löffel mit Nutella strich, um die nächste Schicht abzutragen.

Niklas und Maximilian hatten bis zu diesem Zeitpunkt das Schauspiel still beobachtet. Nun lachte Maximilian auf: „So könntest du perfekt in einem Porno mitspielen. Niklas macht das bestimmt wieder an."

Der Zauber war vorbei. Leonie öffnete die Augen. „Anscheinend ist meine Nutellanascherei doch nicht für jeden Mann erotisch genug, um in einen Porno zu passen, wenn es nur Niklas anmacht", kicherte Leonie.

„NUR Niklas? Was soll das heißen? Ich bin der typische Mann schlechthin", beschwerte sich Niklas sofort.

„Sorry, ich bin da komisch. Ich mag keine Pornos, jedenfalls nicht solche", verteidigte sich auch Maximilian.

„Welche denn? Gibt es so verschiedene Arten von Pornos? Für alle Geschmäcker der Männer?", fragte Leonie interessiert nach.

„Klar doch, die harten und die weichen Pornos mit bestimmten Vorlieben, Sadomaso und so", gab Niklas bereitwillig, wenn auch ungefragt sein Wissen preis.

„Und Pornos nur von Männern", ergänzte Leonie, um wenigstens so testen zu können, wie Maximilian bei diesem Thema reagierte. Auf eine Antwort auf ihre Frage war nach Niklas' Einschätzung wohl kaum noch seitens Maximilian zu rechnen, denn er antwortete an seiner Stelle: „Ja, halt Pornos für alle möglichen Vorlieben", wiederholte Niklas noch einmal.

Leonie schluckte. Tiefer wollte und konnte sie zu diesem Zeitpunkt nicht mehr in Maximilians sexueller Orientierung bohren. Schade!

So würde sie niemals herausbekommen, warum der süße Maximilian so unempfänglich auf ihre und offensichtlich auch die weiblichen Reize vieler andere Frauen reagierte. Hatte er solch einen besonderen Geschmack oder fand er nur Männer interessant? Daran wollte Leonie einfach nicht glauben.

„Dann schlage ich mal einen Haken von speziellen Pornos zu Leonies kundennahen Sexdienstleistungen", nahm Niklas das Gespräch wieder auf. „Maximilian hat mich heute Morgen angerufen und gemeint, dass deine Idee im Grunde gar nicht so schlecht sei. Wirtschaftlich gesehen bin ich auch der Meinung, dass dein Konzept durchaus gewinnbringend sein kann." Niklas holte tief Luft, während Leonie überrascht über die plötzliche Begeisterung ihrer Studienkollegen war. Zudem war sie jedoch auch ein wenig traurig. Maximilian schien so gar nicht eifersüchtig zu sein, dass sie konkret plante, mit vielen anderen Männern Sex zu haben.

„Allerdings wird es garantiert wenig lukrativ sein, wenn nur ein Happy Sexy Taxi durch die Gegend fährt. Es wird schwer werden, nur ein Taxi mit solch einem Service zu bewerben und überhaupt bekannt zu machen. So wie es uneffektiv ist, für eine einzige Nutte zu werben, jedoch viel bringt, einen Puff bekannt zu machen. Eine einzige Nutte kann gar nicht so viele Freier bedienen, dass sich eine aufwendige Werbemaßnahme und Bekanntmachung lohnt oder überhaupt auszahlt. Und du transportierst zu deiner zusätzlichen Dienstleistung auch noch die Kunden von A nach B. Im Endeffekt hast du gar nicht so viel Zeit, viele Kunden mit deinem Komplettangebot zufriedenzustellen. Daher wird deine Zielgruppe zum Teil gar nicht von deinem Happy Sexy Taxi erfahren, sodass du letztlich vorwiegend Taxifahrerin bleiben wirst", holte Niklas weit in seinen Ausführungen aus.

„Also seid ihr letztendlich doch gegen meine Idee und glaubt, dass sie keinen Erfolg verspricht?" Leonie war durcheinander. Die detaillierten Ausführungen von Niklas passten nicht so ganz zu seiner anfänglichen Begeisterung.

„Nein, ganz und gar nicht", mischte sich nun Maximilian ein. „Du wirst deine gute Idee jedoch größer aufziehen müssen. Mehr Taxis, mehr Dienstleistung – vielleicht auch für Frauen", erklärte Maximilian sanft.

„Verstehe ich dich richtig, Maximilian? Du willst das Happy Sexy Taxi für Frauen anbieten – dem weiblichen Geschlecht Sex mit dir anbieten?" Eifersucht und Erleichterung durchzuckten Leonie gleichermaßen, denn dann stand er doch auf Frauen. Da bestand noch Hoffnung für sie und ihn. Oder wollte er etwa doch...?

„Nein, nein", reagierte Maximilian auf Leonies ungläubiger Nachfrage. „Ich biete mich nicht Frauen für Sex an, sondern lediglich dir an – also für das Happy Sexy Taxi – ich meine für die Taxizentrale. Sie übernimmt die Organisation des Taxiunternehmens und der Wagen. Ich kann auch den Verwaltungskram erledigen, wenn es dir hilft. Alles in allem waren wir in den letzten Jahren ein so gutes, effektives Team. Ich denke daher, zusammen könnten wir auch mehr erwirtschaften und das Happy Sexy Taxi zum Erfolg bringen. Also ich meine: wir letztlich als deine Angestellten und Freunde natürlich.

Leonie war sprachlos.

„Ich will mich auch anbieten, allerdings gerne als Happy Sexy Taxi-Fahrer. Wäre doch sehr schade, wenn sich aus meinen ganz besonderen Fähigkeiten, die intimsten Wünsche der Frauen zu erfüllen, keinen Profit schlagen ließe", grinste Niklas.

Leonie war alles in allem ein wenig überrollt. Und froh, dass sie mit dabei sein wollten.

„Also, lass mich das nochmal zusammenfassen. Ich fahre für die Männer, Niklas für die Frauen und Maximilian verwaltet das alles?", fasste sie zusammen.

Die beiden Männer nickten. „Und wir versuchen, nach und nach noch mehr Happy Sexy Taxi-Sexy-Fahrt-Mitarbeiter zu rekrutieren. Wir ziehen das Happy Sexy Taxi ganz groß auf". Nun stand Niklas auf. Seine Begeisterung befand sich jetzt in ungeahnten, nahezu unrealistischen Höhen.

„Und mit einer ausgeklügelten Zeiteinteilung und guten Mitarbeitern können wir drei auch noch den Masterstudiengang zusammen absolvieren", ergänzte Maximilian.

„Na ja, das hört sich super an", stimmte Leonie zu. Sie war sehr froh, dieses Projekt mit ihren Freunden stemmen und realisieren zu können. Zudem wäre es schön, Maximilians warme Stimme auch weiterhin regelmäßig hören zu können. Auf die beiden Jungs konnte sie sich felsenfest verlassen. Drei Betriebswirtschaftler sollten doch etwas Anständiges auf die Beine bringen können.

So starteten sie sogar mit drei Taxis. Niklas hatte noch eine blonde Prostituierte, weiß der Himmel, woher er sie kannte, für die Happy Sexy Taxi-Idee begeistern können und sie kurzerhand in Leonies Namen stundenweise eingestellt. Dieser Schachzug war klug, denn so konnten sie die Neuigkeiten über dieses Start-up-Unternehmen gleich an die richtige Zielgruppe übermitteln. Vielleicht konnten sie durch sie auch weitere Mitarbeiterinnen anwerben, wenn diese Geschäftsidee tatsächlich gut anliefe.

Schon ein paar Wochen später startete auch Leonie als taxifahrende Hure im Happy Sexy Taxi. Sie war begeistert von dem großen Funktaxi, einem hellelfenbeinfarbigem Mercedes, der mit besonderen Extras ausgestattet war. So waren die hinteren Fenster so stark verdunkelt, dass niemand von außen hereinschauen konnte. Die Rückbank konnte mit einigen wenigen Handgriffen zu einer breiten Liege umfunktioniert werden. Die Bezüge waren aus Hygienegründen abwischbar.

Nun stand Leonie mit ihrem Taxi in der langen Schlange der auf Passagiere wartenden Taxis am Bahnhof. Wenn jemand ein Happy Sexy Taxi telefonisch anforderte, könnte sie aus der Reihe ausscheren und den Kunden abholen. Doch zu Anfang ihres noch unbekannten Start-up-Unternehmens war dies äußerst unwahrscheinlich. So musste sich Leonie in die Reihe der auf Kundschaft wartenden Taxis einordnen und warten, bis alle vor ihr stehenden Taxis weggefahren waren. Vordrängeln war unüblich und brachte dem Taxifahrer einen sehr schlechten Ruf ein.

Voller Vorfreude auf das, was sie an diesem Tag erwarten würde, schaute Leonie jedem Mann nach, der aus dem Bahnhofsgebäude heraustrat. Doch ein Taxi orderte kaum einer und so wurde die Anzahl der vor ihr noch wartenden Taxis viel zu langsam kleiner.

Plötzlich klopfte es an ihrer Autoscheibe der Fahrerseite und Leonie zuckte zusammen. Sie schaute auf und erkannte Giuseppe sofort. Schnell ließ sie das Fahrerfenster herunterfahren.

„Hallo Giusi, stehst du etwas weiter hinten mit deinem Taxi und wartest auch auf Kunden?", begrüßte Leonie ihren Ideengeber für ihr Start-up-Unternehmen.

„Ich habe gerade Feierabend und mein Taxi an den nächsten Fahrer übergeben. Jetzt wollte ich mit dem Bus nach Hause fahren, da fiel mir der unübliche Name deines Taxis anhand deiner auffälligen Werbung ins Auge, die auf dem Wagen geklebt ist. Und als ich ins Taxi blickte, sah ich voller Erstaunen dich, Leonie. Jobst du jetzt auch als Taxifahrerin?" Während Giusi mit italienischem Temperament jedes seiner Wörter betonte und leidenschaftlich zum Gesagten gestikulierte, betrachtete Leonie seine schwarzen Locken, die wie gedrehte Federn auf seiner Stirn auf- und abhüpften. Giusi wischte sie sich immer wieder aus dem Gesicht, doch sie ließen sich nicht bändigen.

„Es ist nicht nur ein Job für mich", erklärte Leonie, noch immer fasziniert auf die willensstarke, wilde Locke starrend. „Zwei Freunde und ich haben dieses Taxiunternehmen ins Leben gerufen".

Giuseppe trat einen Schritt zurück und betrachtete den Namen und das Logo, mit dem die linke Wagenaussenseite beklebt war.

„Mhm, Happy Sexy Taxi. Das ist aber ein Name, der leicht falsch verstanden werden kann", schmunzelte er.

„Oder durch den auch die richtigen Erwartungen erzeugt werden können", korrigierte Leonie.

„Ich glaube, du verstehst mich nicht so ganz. Bei unserem letzten Treffen warst du auch so herrlich naiv", erklärte Giusi.

„Doch, also nein", unterbrach ihn Leonie. „Es ist genau das, was man beim Namen denkt. Meine erotische Taxifahrt mit dir war mein Vorbild für diese Unternehmensidee."

Einen Moment überlegte Giusi, dann fuchtelte er wieder aufgeregt mit den Händen in der Luft herum, während er entschied: „Gut, ich nehme nicht den Bus, sondern lasse mich von dir nach Hause fahren. Das Happy Sexy Taxi muss ich unbedingt kennenlernen."

„Du weißt, dass hier in der Taxiwarteschlange der Ehrenkodex und Fairness zählt: Kunden müssen immer das vorderste Taxi nehmen. Ich kann dich also nicht bevorzugt bedienen."

Giusi nickte. „Klar doch. Ich gehe einmal um den Bahnhof herum bis zum Kurzzeitparkplatz. Da holst du mich in zehn Minuten ab. Dann ist das sozusagen ein Direktauftrag und du musst nicht in der Taxischlange warten."

Leonie nickte. Das also war ihr erster Kunde, der offensichtlich gleich das Gesamtpaket wünschte. Sie freute sich und merkte, wie ihre Scham bei der Aussicht auf ein heißes Abenteuer bereits feucht wurde.

Dauernd schaute Leonie auf die Uhr und konnte gar nicht abwarten, bis die zehn Minuten vorbei waren und sie aus der Reihe ausscheren und ihrem Abenteuer entgegenfahren konnte.

KAPITEL 16

Kurz setzte Leonie noch eine Rückmeldung an die Taxizentrale ab. „Hey, Maximilian, meinen ersten Kunden werde ich in ein paar Minuten aufnehmen."

„Kunde oder Freier?", fragte Maximilians Stimme dunkel nach. Ein Stich durchfuhr Leonie. Jetzt müsste sie ihrer jahrelangen Liebe mitteilen, dass sie gleich mit einem anderen Sex hätte. Würde ihn das berühren? Na ja, er hatte schließlich auch zugeschaut, als sie und Niklas... „Bist du noch da, Leonie?", unterbrach Maximilian Leonies Zögern in einem geschäftsmäßigen Ton.

„Ja, Komplettpaket vermutlich", antwortete Leonie kurz.

„Alles klar! Melde dich, falls etwas schief geht oder wenn du wieder frei bist". Maximilians sonst so warme Stimme blieb sachlich – schmerzhaft kühl. War er im Berufsmodus oder missfiel ihm ihr bevorstehendes Abenteuer?

„Was soll den schieflaufen?", reagierte Leonie schnippisch.

„Der Kunde könnte die Zahlung verweigern", kam die kurze, ebenso kühle Antwort.

„Er wird zahlen", behauptete Leonie und beendete das Gespräch. Zu Not würde sie das Geld aus eigener Tasche in die Taxigeldbörse legen. Wenn sich Maximilian keine anderen Sorgen um sie machte, wären diese nicht der Rede wert.

Leonie nahm sich fest vor, die nächste Stunde mit Giusi in vollen Zügen zu genießen.

Giusi wartete wie abgesprochen am Kurzzeitparkplatz des Bahnhofs auf sie. Sein dunkles Hemd war weit aufgeknöpft. Man könnte meinen, er sei der Callboy, der auf seine Freierin wartete. Leonie musste grinsen. Irgendwie fühlte sie sich auch so: Nicht sie bot die erotischen Liebesdienste an, sondern sie trafen sich zu einem heißen Stelldichein. Giusis Haare wirkten frisch gekämmt und sein freudiges Strahlen erhellte ihr förmlich den Weg.

Leonie hielt neben ihm an und winkte ihn herein. Sie war aufgeregt und freudig gespannt. Giuseppe öffnete die Beifahrertür und begrüßte Leonie mit einem säuselnden Tonfall. „Wieviel nimmst du für deine geschätzten Dienstleistungen, hübsche Frau – oder sollte ich lieber sagen: heiße Hure?"

Leonie grinste. „Du hast Glück, du bekommst mich noch zum Einführungspreis von einhundert Euros die Stunde einschließlich Taxitransport."

Noch immer neben dem Wagen stehend zog Giusi gekonnt einen Schmollmund. „Dafür könnte ich schon eine Edelnutte buchen".

„Aber nicht eine, deren erster Freier du bist", grinste Leonie. Es kam ihr alles wie ein Rollenspiel vor. Die Preisdiskussion um dies frivole Thema, deren Akteurin sie war, fühlte sich erstaunlich leicht und unwirklich an.

„Und wie wäre es mit einem kleinen Rabatt für einen alten Freund, der dir schon den Hintern versohlen durfte?"

Leonie lachte wieder auf. „Okay, achtzig Euro die Stunde".

„Gibt es auch Mengenrabatt bei euch?"

„Happy Sexy Taxi ist kein Basar, sondern ein seriöser Dienstleister." Über das „seriös" musste Leonie erneut lachen. „Nun steig schon ein, Giusi. Je schneller wir fertig sind, umso billiger wird es für dich". Die Wahrheit jedoch war, dass Leonies Vagina schon in heißer Vorfreude feucht und ihr Kitzler spürbar fordernd angeschwollen war. Sie hatte es sozusagen eilig.

„Ehe du vor Geilheit nicht mehr in der Lage bist, Taxi zu fahren, steige ich lieber zügig ein", grinste Giusi und zwinkerte ihr dabei verschwörerisch zu.

Ein kribbelnder Hormonschauer durchzog Leonies Körper. Ihr erster Kunde und Freier saß jetzt neben ihr. Ein toller Freier, wie ihn sich jede Nutte wünschte.

„So und wo willst du nun hin?", fragte Leonie mit zitternder Stimme.

„In deine Muschi", antwortete Giusi grinsend. Doch mit Vergnügen stellte Leonie fest, dass auch seine Stimme leicht bebte.

„Ist klar – aber ich meine die örtliche Richtung. Also wohin das Taxi dich bringen soll. Damit wir schon einmal so die Grobrichtung haben."

„Ich kann dir sogar die genaue Richtung nennen: zwischen deine Beine, Süße!" Und schon legte Giusi seine warme Männerhand auf ihre Oberschenkel.

Ein Blitz purer Erregung durchschoss Leonies Schoß und sie fiepte auf. Beinahe hätte sie die Bremse dabei losgelassen, auf dem ihr rechter Fuß ruhte.

„Man stört den Fahrer nicht", schalt sie ihn, während ihr spürbar ein Schwall des Luftsaftes aus ihrer Vagina strömte. „Na, dann fahre hier die Straße herunter und an der nächsten Kreuzung da drüben rechts. Ich spiele dein Navi", bot Giusi nun an.

Leonie hatte schon fast vergessen, den linken ihrer beiden Taxameter anzustellen, den für die Extraleistungen. Sie wählte kurz die Stufe drei für achtzig Euro die Stunde – drückte dann aber auf Stufe sechs für fünfzig Euro die Stunde. Es war angedacht, dass sich die Preisabstufungen nach den Forderungen des Freiers richten sollten, doch Giuseppe hätte sie am liebsten gar nichts berechnet. So sehr fieberte sie dem animalischen Sex mit ihm entgegen. Das rechte, gewöhnliche Taxameter war für reine Taxitransportleistungen vorgesehen.

KAPITEL 17

Schon bald erreichten sie ein nahegelegenes Waldgebiet und Leonie wartete sehnsüchtig darauf, von Giusi die Anweisung zum Abfahren auf einen abgelegenen Waldweg zu erhalten. Doch er schwieg und sie fuhr weiter – wenn auch langsam, um jederzeit bremsen zu können.

Endlich hörte sie Giuseppes Stimme: „Da am Feldweg rechts herein!"

„Der führt aber nur zu einem Bauernhof, sodass es dort sicher nicht abgelegen genug sein wird", merkte Leonie an.

„Ich zahle und bestimme daher, wo du hinfährst". Giusis Stimme war rau geworden.

„Oh, je", dachte Leonie halb befürchtend, dass seine Forderungen heute zu heftig werden könnten, halb hoffend, dass er sie gleich in ein erotisches Abenteuer der besonderen Art führen würde.

Leonie bog brav ab. Ein hölzerner Wegweiser kündigte an, dass dieser Weg zum Bauernhof Letizia führte. Der Feldweg war holprig und zog sich enorm hin. Ihre Muschi hüpfte auf dem Autositz auf und ab, wenn sie durch Schlaglöcher fuhren. Leonie hoffte nicht, vorzeitig anhalten zu müssen, wenn sie durch diese Erschütterungen in ihrem Intimbereich bereits zum Höhepunkt käme.

„Da vorne ist das Bauernhaus Letizia, da kannst du parken. Links hinter den dichten Büschen ist ein versteckter Parkplatz", wies Giusi sie an.

Doch als sie den Parkplatz entdeckte, der tatsächlich von dichten, hohen Büschen umringt war, staunte sie nicht schlecht. Eine geschlossene Schranke war davor, an der sie ihr Taxi zum Stehen brachte. Auf dem Parkplatz befanden sich zwei weitere Autos, die in jeweils heftigen und schnellen Rhythmen auf- und abwackelten. Eins der Pärchen vergnügte sich dabei auf der Motorhaube. Sie lag bäuchlings mit hochgeschobenem Rock darauf und ein Mann mit heruntergelassener Jeans hinter ihr. Er stieß heftig stöhnend seinen Schwanz in sie herein. Als er das Taxi entdeckte, schaute er herüber und machte kurz ein Victoryzeichen mit seinen Fingern.

Leonie beobachtete fasziniert und erregt zugleich das Geschehen auf dem versteckten Parkplatz, der vermutlich ein Geheimtipp für geile Pärchen mit der Vorliebe für Sex im Freien war.

„Hier", Giusi stupste Leonie an und hielt ihr einen Zehneuroschein vor die Nase. „Du musst diese zehn Euro in den Automaten an der Schranke einführen, dann öffnet sich die Schranke und du kannst dann auf den Privatparkplatz fahren."

Leonie nahm wortlos das Geld, kurbelte das Fenster herunter und schob den Schein in den Schlitz des Parkautomaten. Die Schranke öffnete sich und sie befuhr langsam den gepflasterten Parkplatz.

„Steig aus und leg dich auf die Motorhaube", wies Guisi Leonie plötzlich an.

„Was?", Leonie war wie paralysiert. Sie musste sofort an ihr erstes Mal mit Simon im Beisein ihrer besten Freundin und Marco denken. Auch, wenn es enorm anregend gewesen war, dass die beiden ihre sexuellen Handlungen beobachteten, so war es ihr doch danach noch lange peinlich gewesen. Jetzt wollte Giusi, dass sie es vor Zuschauern miteinander trieben.

„Das, was die da machen,", dabei wies er durch die Frontscheibe auf das Pärchen mit der Frau auf der Motorhaube, „das möchte ich jetzt auch mit dir tun. Also steig aus – viel erklären muss ich dir nach diesem Vorbild dort nicht, zumal wir so etwas ja auch schon hinter uns haben."

Zögernd stieg Leonie aus dem Taxi. Giuseppe war schneller als sie und stand schon bei ihr. Rau ergriff er sie an den Oberarmen und schob sie vor die Motorhaube. Wie auch immer er dies in der kurzen Zeit bewerkstelligt hatte, doch auf der Motorhaube lag schon seine dort ausgebreitete Jacke. Leonie stand vor ihrem Taxi und konnte es kaum fassen.

„Heiß bist du schon genug, da brauchen wir nicht noch die heiße Motorhaube zum Aufwärmen. Schließlich wollen wir nur unseren Spaß und niemand soll verletzt werden", erklärte er und drückte gleichzeitig mit seiner linken Hand Leonies Oberkörper auf seine Jacke.

„Hier mit Zuschauern, das kann ich nicht", wollte Leonie rufen, doch ihre Hormone, die erwartungsvoll durch ihren Schoß quirlten, verschlugen ihr die Sprache.

Langsam und genießerisch zog Giusi ihren kurzen Rock hoch.

„Hey, Kumpel, ich wünsche dir viel Spaß. Nimm sie mal so richtig ran, das mögen die Frauen", hörte Leonie die Stimme des Mannes vom anderen Wagen. Der Kerl lachte dreckig auf. „Ich leihe dir auch gerne meinen Ledergürtel, wenn du sie zuerst so richtig heiß prügeln willst. Ich halte deine Perle auch gerne solange fest".

„Schlagen ist nicht mitinbegriffen", rief Leonie so laut sie konnte von ihrer bäuchlings liegenden Lage aus durch den Kragen von Giuseppes Jacke, auf der sie vom Eigentümer gedrückt wurde.

„In deinem horrenden Preis ist alles enthalten", konterte Giusi.

Ah, `ne Nutte. Ah, Happy Sexy Taxi, muss ich mir merken. Nutten mit Taxi. Vielleicht können wir beide mit dieser heißen Braut noch einen Dreier..."

Doch Giusi unterbrach ihn. „Danke, Kumpel, das ist heute aber nur meine Braut. Einen Ledergürtel habe ich selbst dabei und, da ich für sie bezahle, muss sie das, was ich mir wünsche, klaglos über sich ergehen lassen." Der zweite Teil des Satzes war offensichtlich an Leonie gerichtet.

Leonie hörte, wie eine Metallschnalle klimperte und ein Geräusch, das sie sofort an das Durchziehen eines Gürtels durch Hosenschlaufen erinnerte.

Giusi schien wirklich ernst machen zu wollen. Durfte sie sich tatsächlich nicht dagegen wehren? Musste sie alles mitmachen, nur, weil er für ihre Liebesdienste bezahlte?

Doch die Frage erübrigte sich, denn ihre Vagina stieß inzwischen kribbelnde Stöße aus – freudige Vorboten auf lustvollen Schmerz.

Giusi zog ihren Slip herunter und schon prasselte ein Hieb auf ihren blanken, vom Wind leicht gekühlten Po. Leonie schrie leicht auf. Es zog und schickte einen Schmerzimpuls durch ihre Nervenleitungen ins Gehirn. Zurück kam leidenschaftliche Lust – eine Explosion der Leidenschaft, die ihre Vagina, ihre Schamlippen, ihren Kitzler und den gesamten Unterleib durchfuhr. Der nächste Schlag war wohl dosiert, doch erniedrigend und unermesslich lustbringend zugleich. Leonie stöhnte auf.

„Mann-o-Mann, die ist echt geil", meinte der Mann, der nun ziemlich nah neben ihrem Happy Sexy Taxi stand.

Noch ein Schlag auf ihren Hintern - heftiger – lauter – schmerzender – ließ ihre Hormone vollends explodieren. Sie stöhnte auf und spürte, wie sich ihre Vagina zusammenzog, um dann den Höhepunkt schneller erreichen zu können. Sie war so kurz davor, vor der himmlischen Erleichterung - dem Tor zum Paradies der Wollust.

Noch ein Hieb. Wann kam er denn endlich, der ersehnte Orgasmus? Nichts anderes war mehr wichtig. Nichts anderes ersehnten ihr Körper, ihre nasse, heiße Vagina und sogar ihr ausgeschalteter Verstand mehr, als das Erreichen der Spitze der Leidenschaft, der erlösenden Befriedigung. Doch sie erreichte sie nicht. Kurz vor dem Berggipfel der Lust hing sie wie ein Bergsteiger vor den letzten Metern vor einer unüberwindlichen Bergwand, flehend, dass sie jemand hinaufzog. Sie war abhängig von Giuseppe und von dem, was er tat. Noch ein Schlag, bitte noch ein Schlag! Vielleicht würde sie dann den Gipfel endlich erreichen können.

Plötzlich spürte sie, wie etwas Hartes in ihre klitschnasse Vagina eindrang. Auch Giusi musste es nicht mehr ausgehalten haben, sich aufgegeilt die Hose heruntergezogen haben und stieß nun so heftig in Leonie ein, dass sie auf den Gipfel der Lust geschleudert wurde.

Leonie schrie ihren Orgasmus heraus, ungeachtet der sich daran ergötzenden Umwelt. Und auch das erlösende Pumpen von Giusis Schwanz ließ nicht lange auf sich warten. Es dauerte gefühlte Minuten, bis sie beide ermattet und schnaufend übereinander auf der Motorhaube ihres Taxis lagen.

„Was für ein geiler Quickie – Happy Sexy Taxi: Habe ich mir gemerkt. Viel Spaß noch ihr beiden", verabschiedete sich der Mann des Nebenautos im Hintergrund. Türen schlugen zu und ein Motor heulte auf. Dann knirschten Autoreifen auf dem gepflasterten Weg.

„Nun habe ich auch noch Kundenakquise für dich betrieben. Bekomme ich Provision?", fragte Giusi lachend, jedoch immer noch außer Atem und richtete sich auf.

Leonie antwortete nicht. Sie war nur rundum glücklich: mit dem Sex von gerade und ihrer Lebensplanung. Das konnte in diesem Moment noch nicht einmal der Gedanke an den an ihr uninteressierten Maximilian trüben.

Nachdem sich sein Atemrhythmus zum größten Teil normalisiert hatte, zog Giusi seine Jeans hoch und kramte dann in einer rechten Gesäßtasche sein nach den Rundungen seines Hinterteils geformtes Männerportemonnaie heraus. Zielsicher suchte er zwei Fünfziger heraus und hielt sie Leonie entgegen, die sich inzwischen auch aufgerichtet und angezogen hatte.

„Die Hälfte reicht", meinte sie kurz angebunden, fügte dann aber noch hinzu. „Außerdem war das noch keine ganze Stunde. Je nachdem, wo ich dich noch hinfahren soll..."

Doch Giusi unterbrach sie augenzwinkernd. „Man sollte sich nie unter dem Wert verkaufen. Hier nimm das Geld. Du hast es dir verdient. Ich wohne übrigens in der Nähe und kann von hierher zu Fuß nach Hause gehen. Ein Spaziergang befreit mein testosteronvernebeltes Gehirn ein wenig."

Leonie lachte. „Na gut, danke!"

„Hör auf, dich zu bedanken. Ich habe dir nichts geschenkt." Eine Falte des Unwillens zeigte sich kurz auf Giusis Stirn. Doch dann lächelte er wieder. „Meine kleine heiße Hurenanfängerin muss noch einiges in ihrem neuen Job lernen, wobei ich nicht die Fähigkeiten deiner Liebesdienste meine. Devote, hingebungswillige Frauen sind ultimativ sexy."

Leonie hatte schon wieder ein „Danke" auf den Lippen, schluckte diese Erwiderung dann aber doch herunter. Sie wollte Giusis dunkle Falte auf der Stirn nicht noch einmal herausfordern.

„Dann mach's gut, Giusi. Vielleicht sieht man sich ja noch mal und empfehle das Happy Sexy Taxi bitte weiter", verabschiedete sich Leonie förmlich.

„Wir sehen uns mit Sicherheit wieder und weiterempfehlen kann ich das Happy Sexy Taxi nicht. Dann müsste ich meine Lieblingshure anderen Männern anbieten und käme das nächste Mal bei einem Ansturm von Freiern zu kurz." Mit einem ziemlich harten Klaps auf ihren Po drehte sich auch Giuseppe um. „Ciao, Süße. Bis bald", rief er noch zurück und schritt dann zügig in Richtung Feldweg davon.

KAPITEL 18

Leonie ließ sich aufstöhnend auf den Fahrersitz ihres Taxis fallen. Super, wenn alle oder zumindest viele Freier so dachten wie Giusi und sie nicht weiterempfahlen aus Angst, sie wäre dann nicht mehr im ausreichenden Maße für sie selbst verfügbar. Dann müsste sie sich so langsam um Werbung bemühen. Wenn sie darauf baute, weiterempfohlen zu werden, würde sie vermutlich bald Insolvenz für ihr Unternehmen „Happy Sexy Taxi" anmelden können oder nur noch ein Taxiunternehmen führen müssen. „Sex sells" war ihnen im Wirtschaftsstudium eingetrichtert worden, doch erst einmal mussten die potentiellen Kunden und Kundinnen bemerken, dass Sex überhaupt im Spiel oder besser: bei der Fahrt inklusive war. Von diesen Vorarbeiten war während des Studiums nie die Rede gewesen. Klar, wussten sie, dass sie Marketing betreiben mussten. Doch wie schwer und kreativ es ist, dabei erfolgreich zu sein, hatte ihnen keiner so richtig gesagt. Also galt es jetzt, tatsächlich kreativ zu werden, um ihr Happy Sexy Taxi mit all seinen Leistungen bekannt zu machen.

Leider musste Leonie am Abend, als sie sich alle in der Taxizentrale trafen feststellen, dass tatsächlich bis auf die Happy Sexy Taxi-Fahrt mit Giuseppe nur Taxitransportdienstleistungen geordert worden waren. Und selbst das nur im bedenklich geringen Rahmen, am Bahnhof oder sonstigen Taxiständen.

„Wir können ja oben ohne fahren, vielleicht fragen die daran interessierten Fahrgäste dann eher nach erotischen

Dienstleistungen", brainstormte Ines, die andere weibliche Happy Sexy Taxi-Fahrerin.

„Damit verschrecken wir mit Sicherheit die reinen Taxibeförderungskunden", schüttelte Maximilian ernst den Kopf.

Leonie hatte das Problem des Bekanntwerdens ihrer zusätzlichen Dienstleistung angesprochen. Nun musste auch sie den Kopf schütteln. Warum war Maximilian nur so verklemmt? Er arbeitete jetzt für einen Puffbetreiber im weitesten Sinne, da sollte man Erotik und Nacktheit doch wohl lockerer sehen. Im Grunde musste sie ihm jedoch Recht geben. Zumal sie mit ihrem Unternehmen Kunden und keine mahnenden Ordnungshüter anziehen wollten, die sie mit Geldbußen wegen Erregung öffentlichen Ärgernisses bedächten.

Wenn sich die Einnahmen für die reinen Taxifahrten noch verringerten, müsste Leonie jedoch bald einen zweiten Kredit beantragen, den ihr ihre Bank aufgrund fehlender Sicherheiten wohl kaum so einfach gewähren würde.

„Wir müssen Flyer drucken und verteilen beziehungsweise öffentlich auslegen", schlug Leonie vor.

„Klar, im Café und im studentischen Copyshop oder vielleicht am schwarzen Brett der Mensa? Unsere Flyer wird keiner auslegen wollen, noch nicht einmal die einschlägigen Etablissements. Wir sind letztlich ihre Konkurrenz und den meisten Männern reicht einmal pro Tag", gab Niklas zynisch zu bedenken.

„In den einschlägigen Etablissements finden wir aber genau unsere Zielgruppe, zumindest den männlichen Anteil", analysierte Leonie.

„Beide abenteuerbereite Geschlechter finden wir am ehesten in einem Swingerclub", grinste Ines.

„Au ja, das ist es! Du bist ein Schatz, Ines", Niklas drückte ihr einen feuchten Kuss auf die Wange.

Leonie nickte ebenfalls. Die Idee war schon mal sehr hilfreich und ja, sie mochte Ines auch sehr. Eine naiv wirkende, doch ehrliche, sympathische, aufgeschlossene, junge Frau und extrem attraktiv. Ines wirkte wie eine Frau, die Spaß am Leben und an den Männern hatte und Leonie hielt sie für einen im Grunde herzensguten Menschen. Zudem empfand es selbst Leonie als eine Wonne, Ines mit ihrem Strahlen, ihrer perfekten, weiblichen Figur und ihren langen, vor Gesundheit glänzenden, blonden Haaren anzuschauen. Und was ihr zudem noch sehr gefiel: Maximilian schien Ines nicht einmal als attraktive Frau wahrzunehmen. Andererseits verstärkte diese Beobachtung Leonies Befürchtung, dass Maximilian grundsätzlich nicht auf Frauen stand, denn welcher Mann, der auf Frauen stand, konnte bei dem Anblick von Ines so unbeeindruckt bleiben?

„Dann machen wir das so. Einverstanden, Leonie?", wurde sie von Niklas aus ihren Überlegungen gerissen.

„Sorry, ich habe nicht zugehört", musste Leonie nun kleinlaut zugeben.

„Das habe ich mir fast gedacht, so entzückt, wie du Ines angestarrt hast", foppte sie Niklas.

„Ich war in Gedanken, mehr nicht. Was habt ihr nun geplant?"

„Samstagabend gehen wir vier in den größten Swingerclub der Stadt. Wir versuchen, dort mit den Gästen ins Gespräch zu kommen und sie auf unser ‚Happy Sexy Taxi' aufmerksam zu machen", berichtete Ines strahlend.

„Keine schlechte Idee", musste Leonie zugeben. Auch, wenn wir damit nur wenige Personen erreichen können."

„Was für eine unzufriedene Chefin bis du denn? Deine Lakaien setzen sich für dein Unternehmen ein und du meckerst nur herum", empörte sich Niklas.

„Jeder einzelne Kunde, den wir anwerben können, ist wertvoll und könnte sogar ein Stammkunde werden. Wir sind klein und könnten so viele Kunden gar nicht bedienen", merkte Maximilian an.

„Und du machst mit – also gehst du mit in den Swingerclub?", fragte Leonie Maximilian verwundert.

„Klar, wirtschaftlich gesehen ist das Werben von Kunden eine wesentliche Grundlage für den Erfolg eines Unternehmens. Da will ich mich natürlich nicht vor der Aufgabe drücken."

Leonie schluckte. War sie die Einzige, die mehr als nur eine betriebliche Aufgabe darin sah, einen Swingerclub zu besuchen? Beim Gedanken, mit Maximilian in einen mit Erotik überladenen Swingerclub zu gehen, explodierte ihre Hormonproduktion wieder. Vielleicht bot sich dort, abgesehen von der für das Happy Sexy Taxi-Unternehmen überlebensnotwendige Kundenakquise doch eine Chance, Maximilian näherzukommen.

KAPITEL 19

So betraten am Samstagabend Ines, Maximilian, Niklas und Leonie den abgelegenen Swingerclub, hinter dem sich ein unterirdisches Parkdeck, das von Securitykräften beaufsichtigt wurde, befand.

Die Wände im Parkhaus waren strahlend weiß und die Sicherheitskräfte behandelten sie wie VIPs. Schon am Wagen, als sie gerade ausgestiegen waren, wurden sie von einem der Security-Bodybuilder freundlich begrüßt und auf die rot-schwarzen Wegweiser zum Eingang des Swingerclubs Red-Black-Club hingewiesen.

„‚Red' steht für Rotlicht und ‚Black' für anonym", klärte Ines Leonie auf, die sich interessiert umschaute.

„Genau richtig, hübsche Dame. Haben Sie uns schon einmal besucht?", fragte sie der freundliche Sicherheitsbeauftragte.

„Na klar. Dieser Club ist doch total angesagt", antwortete Ines augenzwinkernd. Sie war wirklich süß und so herrlich unverkrampft, musste Leonie neidlos zugeben. Ines war ein kostbarer Zugewinn für ihr Start-Up-Unternehmen und bereicherte zudem perfekt die Freundesgruppe.

Im Augenwinkel sah Leonie, wie der hellhäutige Maximilian leicht schwitzte und rote Wangen bekommen hatte. War ihm dieser Besuch peinlich oder hatte ihn die Umgebung oder sogar Ines erregt? Leonie wurde einfach nicht klug aus ihrem Schwarm.

Ines nahm plötzlich zielsicher Niklas' Hand und kuschelte sich kurz an ihn. „Hey, Schatzi, was hältst du von deinem nachträglichen Geburtstagsgeschenk? Einen schöneren Abend konnten wir für dich nicht organisieren." Mit großen

Kulleraugen und schauspielerisch überspitzter Frauenstimme schaute sie ihren „Schatzi" an.

Niklas begriff Ines' Spiel sofort und gab ihr unvermittelt einen Kuss. Er erwiderte dann: „Wahnsinn! Ich freue mich sehr, meine Süße. Die Überraschung ist dir, sorry: euch allen natürlich. wirklich gelungen!"

Erst wunderte sich Leonie sehr. Maximilian hatte doch von ihrem Plan, an diesem Tag den Swingerclub zu besuchen gewusst. Und Geburtstag hatte er auch erst in vier Monaten. Doch dann verstand auch Leonie das Spiel. Schnell ergriff sie Maximilians Hand. Sie war warm, weich und feucht. Leonie konnte ein Grinsen nicht unterdrücken. Der Swingerclub ließ bevorzugt Pärchen herein, um ein ausgeglichenes Verhältnis zwischen den Geschlechtern zu gewährleisten. Ines hatte ihnen zuvor so etwas gesagt. Kein Problem, Leonie spielte nur zu gerne Maximilians Freundin. Seine Hand griff fest um die ihre. Nun wurde es Leonie heiß. In ihrem Bauch begann es zu kribbeln.

„Bis um fünf Uhr morgens müssen Sie Ihr Auto abgeholt haben – ansonsten wieder ab 21.00 Uhr. Dazwischen schließt das Parkhaus", klärte sie die Security noch auf.

Leonie hörte diese Information nur an sich vorbeirauschen. Ihr Herz klopfte aufgeregt und sie legte ihren Kopf an Maximilians Oberarm. Er roch gut oder war es die Lederjacke, die er trug? Bis sie wieder an ihrem Auto wären könnte so vieles Wunderbares, lang Ersehntes in diesem Club der Sünde geschehen.

Leonie schloss ihre Augen und genoss diesen Moment so intensiv, wie es ihr möglich war. Dann spürte sie den Händedruck von Maximilian kurz fester werden: „Leonie, wir sollten jetzt hereingehen", flüsterte Maximilians elektrisierende Stimme an ihrem Ohr.

Leonie löste ihren Kopf von seinem Oberarm und nickte. „Es sollte nur richtig echt wirken", stotterte sie entschuldigend.

„Ich weiß, dass du mich liebst", nickte Maximilian, was Leonie einen Schock durch ihre Glieder trieb.

„Wirklich?", fragte sie ungläubig zurück. War sie so durchschaubar?

„Ja, natürlich.", Maximilian nickte. „Deswegen hast du ja auch zugestimmt, diesen Abend mit mir und unseren Freunden hier zu verbringen."

Leonie erstarrte. Wie viel wusste er von ihren Gefühlen. Und warum hatte er noch nie darauf reagiert? Dann war seine neutrale Haltung ihr gegenüber ein eindeutiger Korb. Und warum sollte sie nur aus diesem Grund mit ihnen in den Swingerclub gegangen sein? Letztlich war der Grund doch die Werbung für ihr Happy Sexy Taxi? Was ging in Maximilian jetzt schon wieder vor?

„Ihre Freundin weiß dann ja, wo es zum Eingang des exklusiven Clubs geht. Ich wünsche Ihnen viel Spaß und einen schönen Abend", grinste der Security-Bodybuilder und lief sodann dem nächsten ankommenden Auto entgegen.

„Ich wollte eigentlich nie Schauspieler werden, aber so ein Betriebswirtschaftsstudium bereitet einen auf alles vor", grinste Maximilian und zwinkerte Leonie zu. „Ich war doch akzeptabel als dein Freund oder?" Dann ließ er ihre Hand los.

Leonie war sprachlos.

„Wir sind noch nicht durch den Check-in des Clubs", mahnte Niklas, der noch immer Händchen mit Ines hielt. „Doch Respekt, Leonie. Deine gespielten Gefühle für Maximilian wirkten erschreckend echt. Ich habe fast befürchtet, dass du dich tatsächlich in ihn verknallt hast und nun unter Liebeskummer leidest, denn ihr seid ja nicht wirklich zusammen. In jedem Fall zeigt mir dein Schauspiel von gerade immer mehr, dass du dich für deinen Job als Liebesgespielin hervorragend eignest."

Leonie lächelte unsicher auf, schwieg aber weiterhin.

„Na, also, dann wollen wir mal unseren Job erledigen", sagte Maximilian und nahm wieder pflichtbewusst Leonies Hand. Doch dieses Mal erlaubte sich Leonie nicht, dieses Gefühl zu genießen. Keinesfalls wollte sie als die unglücklich verliebte, schmachtende Frau dastehen, die sie tatsächlich auch war.

KAPITEL 20

Problemlos wurde ihnen so als Pärchen getarnt die schwere Sicherheitstür des Swingerclubs geöffnet, als sie anklopften. Ganz selbstverständlich zahlte Niklas den hohen Eintrittspreis für alle vier. Allerdings hatte er vorher das Geld von Leonie bekommen, die hoffte, dass es sich um Marketingmaßnahmen handelte, die sich trotz der ungewöhnlichen Vorgehensweise von der Steuer absetzen ließen.

Nach Kontrolle ihrer Ausweise wurden sie gebeten, sich bis auf die Unterwäsche auszuziehen. Es herrschte Unterwäsche- beziehungsweise Dessouspflicht. Schließlich sollte im Swingerclub eine animierende Stimmung geschaffen werden. Da würden Jeans und Rollkragenpullis das Ziel eher verfehlen. Ines hatte sie bereits auf diese Vorschriften vorbereitet.

Sie zogen sich hinter samtenen, roten Vorhängen aus, die so neu wirkten, als seien sie gerade erst aufgehängt worden: kein Fläschen und noch nicht einmal eine abgenutzte Stelle, die auf dem Samt gut sichtbar gewesen wäre.

In einem knallroten Spind hinter den Vorhängen konnten sie ihr Hab und Gut einschließen. Dann trafen sie sich im Vorraum.

Ines trug einen Stringtanga und einen knappen Büstenhalter im Leopardenlook. Ihre Unterwäsche glänzte genauso seidig, wie ihre langen, blonden Haare, die sie stets offen trug und, die nun über ihre üppigen, runden Brüsten wallten.

Leonie erschrak, als sie sich vorstellte, wie sich diese prallen Brüste wohl in ihrer Hand anfühlen würden. „Ines ist extrem verführerisch, sogar für Frauen", musste Leonie zugeben. Ines' weibliche Figur wurde durch ihre braunen High Heels noch verstärkt.

Leonie hingegen hatte einen schwarzen Lederbody für sich gewählt, der mit Lederschnüren zusammengehalten wurde. Er hatte ihre zierliche Figur am besten zur Geltung gebracht und gab ihr zusammen mit ihrer dunklen Bobfrisur eine leichte Dominanote.

„Wow, Leonie – unsere SM-Göttin", kommentierte Niklas, als sie mit schwarzen, hochhackigen Lederstiefeln bekleidet hinter dem Vorhang hervortrat.

„Wir wollen doch möglichst viele Kunden mit den verschiedensten Vorlieben erreichen", erklärte Leonie. „Zu unserer süßen Ines hätte diese Ausstrahlung nicht gepasst. Daher habe ich mich dafür entschieden, die Sexgöttin zu spielen."

Während sie Niklas' Bemerkung amüsierte, wirkte Maximilians musternder Blick, der ihren leicht bekleideten Körper entlangglitt, wie ein Aphrodisiakum. Mit glänzenden, nahezu verklärten Augen scannte er sie von oben bis unten. Ein halbes Lächeln und das Hochziehen seines rechten Mundwinkels sowie sein leises „Wow" ließ Leonie nach Luft schnappen. Hatte sie endlich seine verborgene Leidenschaft entdeckt? Das könnte er gerne von ihr bekommen und alles andere auch, was ihn antörnte. Wenn seine Hände bloß so neugierig und anerkennend über ihren Körper sowie ihre Brüste und ihre pochenden, steif aufgerichteten Nippel wandern würden, wie vorhin sein Blick. Sie würde seinen durchtrainierten Körper streicheln, berühren und seinen Schwanz kneten, lecken und liebkosen, mit all ihrer Leidenschaft und in diesem Fall: auch mit all ihrer Liebe.

Maximilian stand in schwarzen, engen Shorts barfuß im Vorraum. Er sah heiß aus. Sein weiches Lächeln umspielte seine strahlend blauen Augen und seine halblangen, blonden Haare waren ein wenig verwuschelt, wie so oft bei Maximilian.

„Wollt ihr nicht mit in die Bar kommen – da sind schon viele Gäste", rief Niklas ihnen an dem Eingang zur Bar stehend zu. Auch Niklas sah heiß aus, aber das tat er ja stets. Als Frauenliebling war er immer auf dem aktuellen Stand, was die Frauenwelt begeisterte. Auch er trug Schwarz, wenn auch nur einen schwarzen, engen Slip und war ebenfalls barfuß.

„Ja, lasst uns gehen. Ines ist gerade eben auch schon in die Bar gegangen", nickte Maximilian Leonie mit einem verschmitzten Lächeln zu.

Den beiden Herren wurden noch hauseigene Schlappen angeboten, die sie dankend annahmen. Selbst die Männerhausschuhe waren schwarz und bestanden aus einem glitzernden Stoff. Obwohl sie die Form von Badeschlappen hatten, wirkten sie daher trotzdem maskulin edel.

Als Leonie die Bar betrat, wunderte sie sich, dass der Raum so klein war. Die hübsche, leicht bekleidete, junge Barkeeperin hatte ihren Blick bemerkt und erklärte: „Wir haben hier sieben Barräume und einen Raum mit einem umfangreichen Buffet. Ihr könnt euch gerne kostenlos an dem Buffet bedienen. Getränke gibt es jedoch nur in den Bars und sie sind natürlich nicht kostenlos. In fünf weiteren Räumen könnt ihr euch dann zum Amüsieren treffen. Da gibt es dicke Matten auf dem Boden, Liebeschaukeln und andere interessante Spielzeuge zum Erkunden und natürlich ausreichend hochwertige Kondome. Diese Spiel- oder Kuschelräume – je nach eurem Geschmack - erkennt ihr an dem rot-schwarzen Herzchen an den Türen. Bei Barräumen ist ein schwarz-roter Cocktail auf dem Schild und beim Buffetraum eine rote Etagere mit schwarzen Pralinen. Toiletten befinden sich am Eingang.

Wenn ihr Fragen habt, egal welcher Art, helfe ich euch und auch jeder vom Personal gerne weiter."

Leonie nickte. Das alles hörte sich gut und extrem prickelnd mit Maximilian an ihrer Seite an. Ines hatte sie auch schon erblickt. Sie unterhielt sich gerade mit geschmeidigen Handbewegungen mit einem Gast. Ines war der Happy Sexy Taxi-Werbeträger Nummer eins.

„Soll ich Sekt für uns bestellen, zum warm werden und so?", fragte Niklas nach. Leonie nickte.

„Für mich bitte eine Cola. Ich trinke keinen Alkohol, denn ich muss euch Vergnügungssüchtige vermutlich nach Hause fahren", grinste Maximilian sein süßes Lächeln.

„Genau richtig", grinste auch Niklas und gab die Bestellung an der Bar auf.

Sie stießen an, als sie ihre Gläser in der Hand hielten und auch Ines drehte sich zum Zuprosten um.

„Auf einen wundervollen, erfolgreichen Abend", wählte Niklas den Trinkspruch.

„Allerdings", lächelte Ines. Sofort legte der Gesprächspartner, mit dem sie sich gerade unterhalten hatte, den Arm um sie. Vielleicht würde er ja ein Stammkunde vom Happy Sexy Taxi oder eher von Ines.

KAPITEL 21

Nachdem sie ihre Gläser ausgetrunken hatten, machten sich auch Niklas, Maximilian und Leonie „an die Arbeit". Sie tigerten durch die anderen Bars und suchten nach potentiellen Kunden für das Happy Sexy Taxi und offenen Gesprächspartnern. Niklas wurde schon in der zweiten Bar von einer frech wirkenden Blondine in ein Gespräch verwickelt.

Maximilian schaffte es bis zum vierten Raum. Dort wurde er ausgerechnet von einem Mann angesprochen.

Leonie spürte im fünften Raum, den sie ohne ihre Freunde besuchte, plötzlich eine Hand auf ihrem Po.

„Hey, hey – Annäherungen nur mit Erlaubnis", rügte der Barkeeper den hemmungslosen, angetrunkenen Mann sofort.

Unbeeindruckt ließ er seine Hand auf Leonies rückwärtigen Rundungen und lallte: „Du bist heiß, Süße. Lass uns in den Raum nebenan gehen. Der mit dem Herzen, verstehste?"

„Danke für das Angebot, aber ich bin erst gerade gekommen und will mir noch etwas Zeit damit lassen", drehte sich Leonie aus seinem Po-Griff heraus.

„Warum denn Zeit lassen? Du bist doch hier, um Sex zu machen."

„Ja, aber nicht jetzt", wies Leonie ihn ab. Er war definitiv kein erwünschter Kunde für ihr Happy Sexy Taxi. Betrunkene, rücksichtslose Männer brauchte sie nicht.

Schnell betrat sie die nächste Bar. Vier Pärchen befanden sich darin, tief in Gesprächen und Flirts vertieft. Dasselbe Bild nur mit zwei Pärchen mehr bot sich Leonie auch im letzten Barraum. Sie würde zurückgehen und weiter nach gesprächswilligen Personen suchen müssen, vorbei an diesem aufdringlichen Kerl.

Doch erst einmal bestellte sie sich noch ein Glas Sekt an der Bar. Vielleicht hatte der Po-Grabscher bis dahin ein anderes Opfer gefunden und würde sie in Ruhe lassen, wenn sie die Bar passierte.

Gedankenabwesend stützte sie sich auf die Theke, das Prickeln des Sekts in der Flöte betrachtend. Was Maximilian jetzt wohl machte? Vergnügte er sich womöglich inzwischen mit dem Mann – dann hätte sie wenigstens Gewissheit. Sie alle waren fleißig beim Flirten und Werben für ihr Start-Up-Unternehmen – nur sie trank in Ruhe Alkohol. Sie benahm sich schon wie eine Unternehmerin vom Typ Macho. Lass mal die Angestellten machen. Das ging nicht.

Entschlossen trank sie mit einem Schluck ihr Glas aus und trat den Rückweg durch die Bars an, um weiterhin nach potentiellen Kunden zu suchen. Der Po-Grabscher sollte sie nicht abschrecken. Letztlich konnten ihr solche Kunden auch im Happy Sexy Taxi begegnen.

Suchend nach alleinsitzenden Personen mit offenem Blick ging Leonie langsam durch die Bars zurück.

„Hey, du willst dir also doch die Chance nicht entgehen lassen, mit mir zu ficken", lallte ihr der aufdringliche Mann in der fünften Bar entgegen.

„Nö, ich suche nur meinen Freund", konterte Leonie.

„Den wirst du sicher auch in einem der Räume mit dem Herz finden. Also sei nicht prüde und genieße den Abend." Der Po-Grabscher ging tatsächlich einen Schritt auf sie zu.

Leonie flüchtete in den vierten und zur Sicherheit auch gleich in den dritten Raum. Von Maximilian oder einer ihrer anderen Freunde keine Spur. Doch schon hörte sie hinter sich: „Wo willst du denn hin? Erst schöne Augen machen und dann kneifen. Das ist nicht die feine Art."

Ehe Leonie etwas erwidern konnte, hatte der Betrunkene sie schon am Oberarm gepackt und zog sie zu der Tür mit einem schwarz-roten Herz darauf.

Ein Blick zur Bar verriet ihr, dass die Barkeeperin gerade im Gespräch mit einem Barbesucher vertieft war und nichts von den Aufdringlichkeiten dieses betrunkenen Mannes mitbekam.

„Lass mich sofort los", brüllte Leonie den Mann an, der sie schon zur Tür gezerrt hatte und bereits die Türklinke herunterdrückte.

„Was geht denn hier ab?", hörte Leonie plötzlich eine ihr vertraute Stimme.

Der Betrunkene lallte. „Das ist wohl dein Freund. Hier darf deine Freundin andere Männer ficken. Also reg' dich nicht künstlich auf, sonst bekommst du einen auf die Fresse." Damit zog der Po-Grabscher Leonie in das abgedunkelte Herzchenzimmer, in dem sich zu diesem Zeitpunkt kein anderes Pärchen befand. Er schubste Leonie auf eine der hohen, weichen Matten und wollte sich gerade auf sie stürzen, als jemand ihn zur Seite stieß. Der Betrunkene stürzte und fiel sanft auf eine der anderen Matten.

„Leg dich nicht mit mir an", ertönte Maximilians Stimme. „Ja, das ist meine Freundin und nur sie alleine bestimmt, mit wem sie was macht."

„Ich bin in einem Boxverein und nun zeige ich dir, wer hier das Sagen hat", richtete sich der Betrunkene erstaunlich stehsicher für seinen Zustand auf.

„Da bin ich mal gespannt", entgegnete Maximilian und trat einen Schritt auf den Po-Grabscher zu. Instinktiv nahm er eine Kampfhaltung an, die ihn vor allem von den möglichen Schlägen des Boxers schützen sollte.

Da ging die Tür auf und zwei schwarz gekleidete Security-Bodybuilder stürmten herein. Sie ergriffen Maximilian unsanft und warfen ihn zu Boden.

„Nein, nein, der andere Mann hat mich bedrängt", rief Leonie dazwischen.

„Der ist doch besoffen und kann kaum noch stehen", zweifelten die Sicherheitsmänner ihre Aussage an.

„Der kann mehr, als ihr denkt", argumentierte Leonie. „Der hier ist mein Freund, der mir helfen wollte."

„Das ist wahr", hörte Leonie eine weibliche Stimme an der Tür. Die Barkeeperin.

„Ah, woher sollten wir das denn erkennen? Sorry, Mann. Dann fliegt der andere raus", entschuldigten sich die Security-Herren und ließen Maximilian los. Geschickt ergriffen sie den Betrunkenen, der sich nun brav und wortlos abführen ließ.

„Alles in Ordnung mit euch?", fragte die Barkeeperin, als die privaten Ordnungshüter mit dem Mann verschwunden waren.

Leonie nickte und Maximilian stand inzwischen auch wieder. „Ja, vielleicht ein paar blaue Flecken mehr, aber es ist alles sonst okay", bestätigte auch er.

KAPITEL 22

Erst jetzt löste sich Leonie von ihrer Erstarrung. Sie stürzte zu Maximilian und umarmte ihn stürmisch. „Danke, danke dir. Wer weiß, was er sonst mit mir gemacht hätte." Leonie streichelte Maximilian und wollte ihn nun gar nicht mehr loslassen.

„Im Taxi brauchst du auf jeden Fall etwas zur Selbstverteidigung. Der Alarmknopf reicht nicht aus", grinste Maximilian verlegen. Etwas steif stand er im Kuschelraum.

„Setzt dich doch erst einmal. Wir müssen etwas runterkommen", schlug Leonie vor, nachdem sie Maximilian sehr zu ihrem Bedauern doch endlich freigeben musste.

Maximilian nickte. „Jawohl Chefin!" Dann setzte er sich auf die nächstgelegene Matte mit dem Rücken an der Wand abgestützt.

„Ich bin nicht wirklich deine Chefin, sondern deine Freundin", wagte sich Leonie vor und setzte sich dicht an ihn angelehnt neben ihn.

„Was bin ich froh, dass der Kerl von vorhin dir nichts angetan hat", stöhnte Maximilian auf.

Leonie spürte, dass diese Situation hier und jetzt wohl ihre Chance – vermutlich sogar ihre einzige Möglichkeit wäre – ihm so nah zu kommen, wie sie es sich schon so lange ersehnt hatte.

„Er konnte mir nichts antun, dank dir." Leonies Stimme wurde zärtlich.

Maximilian schaute sie verwirrt an und räusperte sich. „Im Taxi kann ich dir leider nicht so schnell helfen. Also, wenn ein Mann übergriffig wird – also, mehr fordert als du..." Den Rest verschluckte der Kuss, den Leonie ihm gab. Seine Lippen waren weich und warm. Behutsam öffneten sie sich und seine Zunge tastete sich vorsichtig in ihrem Mundraum vor.

Leonie war so überschwänglich glücklich und erregt, dass Maximilian sie nicht zurückwies. Stöße süßen Kribbelns jagten durch ihren Körper und ihren Schoß. Jetzt endlich würde sie ihn spüren, lecken, riechen können und sich mit ihm vereinigen. Sie konnte ihr großes Glück kaum fassen.

Maximilians Zunge spielte sanft mit ihrer Zunge, streichelte ihren Gaumen und endlich umschlossen auch seine Arme ihren Körper. Fest zog er sie an sich. Während ihre Zungen die Nähe und Liebkosungen genossen, lösten sie sich wieder voneinander.

Leonies Hand berührte sanft Maximilians Brust, strich an ihr entlang und fand seine Nippel, die sie sanft knubbelte.

Auch Maximilian fing an, sie über ihrem Lederbody zu streicheln: erst an ihren Schultern, bis er stückchenweise immer tiefer glitt.

Seine Hände streiften sanft ihre Brüste und Leonies Körper erbebte. Nun suchten Maximilians Finger ihren Rücken ab. Leonies Herz hüpfte, doch noch mehr ihre Scham. Er wollte sie offensichtlich ausziehen. Maximilian wollte weitergehen. Er wollte tatsächlich Sex mit ihr. Leonie konnte es kaum abwarten, bis er den Reißverschluss des Bodys am Rücken gefunden hatte und quälend langsam herunterzog.

Er wollte sie. Maximilian begehrte sie! Wenn auch bestimmt nicht so sehr, wie sie ihn.

Ihre Zungen und ihre Münder lösten sich voneinander, jedoch nicht, ohne vorher die Lippen des anderen geliebkost zu haben.

Maximilian zog langsam den Body über ihre Schultern und legte ihre Brüste mit den sich ihm entgegengerichteten, steifen Brustwarzen frei. Seine glänzenden Augen fixierten ihren

Busen in dem Dämmerlicht des Raumes und ein sanftes Lächeln legte sich über sein Gesicht. Sie gefielen ihm!

Seine Hände strichen nun behutsam sanft über ihre Brüste und die Finger umrundeten den Vorhof der Nippel, die sich ihm in ihrer Gier um Aufmerksamkeit immer mehr entgegenstreckten. Doch er berührte sie nicht.

Leonie konnte diese Spannung kaum noch aushalten. Sie strich mit ihrem rechten Zeigefinger von seiner Brust immer tiefer, um seinen Bauchnabel herum und rutschte noch tiefer, bis ihr Finger seinen deutlich steifen Schwanz berührte.

Maximilian stöhnte auf. Doch ehe Leonie sein bestes Stück aus der schwarzen Shorts befreien konnte, legte er seine Hand auf die ihre.

„Hier bin ich der Chef", flüsterte er liebevoll. Leonie nickte ergeben. Ihre immer weiter auflodernde Lust ordnete sich nur zu gerne ihrer großen Liebe unter. Sie genoss bereitwillig jede einzelne Sekunde, die Maximilian und sie zusammen waren – die sie sich berührten – die endlich ihren jahrelangen Wunschtraum in Erfüllung gehen ließ. Leonies Körper zitterte unkontrolliert. In den letzten Wochen hatte sie so viel Sex gehabt, wie in ihrem ganzen vorherigen Leben nicht. Dennoch war diese Erotik mit Maximilian, ihrer Liebe, etwas ganz anderes. Nicht nur ihr Körper verlangte nach ihm, auch ihr Herz. Nicht nur ihr Fleisch würde sich mit Maximilian verbinden, sondern auch ihre Seele. Leonie konnte darauf warten, denn die Belohnung war einzigartig.

Nun beugte sich Maximilian vor ihr herunter und nahm ihre linke Brustwarze zwischen seine Lippen. Seine Zunge fing an, genauso mit ihrem Nippel zu spielen wie vorhin mit ihrer Zunge. Ein Schwall reinen Lustsafts ergoss sich aus Leonies Vagina. Alles in ihr war bereit, Maximilians ersehnten Luststab in sich aufzunehmen. Nicht nur bereit, sondern mehr oder weniger geduldig erwartend.

Maximilians halblange, blonde Haare kitzelten dabei Leonies Brust und ihren Bauch. Ihr Körper erbebte.

„Unangenehm?", fragte Maximilian sie.

„Nein, gar nicht. Doch...ich kann nicht mehr warten...ich will dich", stöhnte Leonie.

Maximilian lachte auf: so süß, so sanft – ihr Maximilian – hier und jetzt und bald in ihr.

„Na, dann zieh deinen Body mal ganz aus", flüsterte Maximilian ihr sanft ins Ohr. Das Vibrieren seiner Stimme bahnte sich seinen Weg direkt zu ihrem Kitzler, der zu platzen drohte. Er konnte kaum noch mehr anschwellen und heftiger pochen, auch, wenn er genau dies gerne getan hätte. Die ultimative Lust!

Schnell streifte Leonie ihren Body herunter und warf ihn neben sich. Maximilian schaute mit leuchtenden Augen und einem liebevoll-sanften Gesichtsausdruck zu.

Leonie legte sich nackt rücklings auf die Matte und öffnete leicht die Beine. Eine Einladung, eine Aufforderung, ein leidenschaftliches Drängen, sich endlich, endlich mit Maximilian zu vereinen.

Langsam streichelten Maximilians Fingerkuppen ihre Hüften, dann ihre Schenkelinnenseiten. Leonie spreizte ihre Beine noch mehr. Maximilian lachte auf und strich nun über ihre Schamlippen – sanft – quälend. Stöhnend vor unerfüllter Begierde wandte sich Leonie hin und her.

Doch sie wagte es nicht, die Vereinigung voranzutreiben aus Angst, dass er alles abbrechen würde. Er war so kostbar, der Moment. So einzigartig sinnlich und so paradiesisch.

Er bog ihre Beine weiter auseinander, kniete sich dazwischen und hob ihre Beine hoch, um sie auf seinen Schultern abzulegen. Dann näherte sich Maximilians Gesicht ihrer Muschi. Er leckte sie – sanft, immer fordernder – ein

Zungenakrobat. Leonie verging fast vor Verlangen nach Vereinigung und Erlösung mit Maximilian.

Sein Stimulieren mit seiner Zunge peitschte sie so hoch, dass sie befürchtete, ohne ihn in sich zu kommen - den Höhepunkt allein zu erleben.

Da hörte er auf und legte ihre Beine ab. Mit einem sanften Ruck schob er zwei Finger in sie herein.

Leonies Körper bäumte sich ihm entgegen. Der zurückgehaltene Orgasmus durchflutete nun ihren Körper und sie stöhnte so laut, wie nie zuvor. Ihr Becken pumpte ihm entgegen und der Höhepunkt ließ sie hoch- und heruntergleiten wie durch die Wellen eines Orkans.

Als Leonie die Augen öffnete, sah sie Maximilian auf sich herabblicken – warme, liebevolle Augen, amüsiert und fürsorglich zugleich.

Er kniete noch immer zwischen ihren Beinen.

„Mit dir wird es noch perfekter werden", schnaufte Leonie noch immer außer Atem. „Komm schon, ich will dich in mir spüren. Ich liebe dich!", flüsterte Leonie.

„So gut war ich, dass du meinst, mich mit einer Liebeserklärung belohnen zu müssen?", grinste Maximilian. „Du bist eine tolle Frau, aber ich kann nicht mit dir schlafen."

KAPITEL 23

Sofort war Leonie ernüchtert. „Warum nicht – bist du etwa krank?"

Da wurde die Tür zum Herzchenzimmer, in dem sie sich befanden, aufgerissen und sie hörte eine weibliche Stimme. Ines! „Da seid ihr! Sorry, wenn wir stören. Wir hörten nur, dass ein Betrunkener eine Frau bedrängt haben soll und ein Mann inzwischen herausgeworfen wurde. Ein anderer Mann soll einige blaue Flecke bei der Rangelei abbekommen haben. Da haben wir uns Sorgen um euch gemacht."

„Endlich haben wir euch gefunden und dann auch noch zusammen!", drängte sich eine leicht verärgerte, männliche Stimme hinter Ines herein. Na klar, Niklas.

„Ich habe nicht mit...", Maximilian erhob sich verlegen.

„Haben wir gestört?", fragte Ines nach. „Wir verschwinden sofort wieder."

„Nein, nein, alles gut", Maximilian schlüpfte in seine edlen Swingerclub-Schlappen.

„Du lässt Leonie einfach so liegen – ohne...?", wunderte sich Niklas nun.

„Ja – nein. Frag sie doch selbst", stotterte Maximilian und hastete zur Tür. „Es tut mir wirklich leid", sagte er mit seinem Blick abwechselnd auf Leonie und Niklas gerichtet. Dann flüchtete er.

„Arme Leonie. Tja, Niklas, nun musst du wohl gutmachen, was wir durch unser Hereinstürzen in diese intime Situation verschuldet haben", schlug Ines vor.

„Nein, das lag definitiv nicht an euch, also eurem Hereinplatzen", versicherte Leonie und zog bereits ihren Lederbody wieder an.

„Ich würde aber gerne...", hakte Niklas nochmal nach. Doch Leonie war sich sicher, dass er dies nur aus falsch verstandenem Pflichtgefühl anbot.

„Danke, aber mir ist da nicht mehr nach", sprach Leonie Klartext.

Ines setzte sich sanft auf die Matte und zog Leonie wieder herunter, während Niklas noch unschlüssig in der Nähe der Tür stand.

„Was ist los, Leonie? Du siehst so traurig aus", fragte Ines sie leise und warf einen kurzen Blick zu Niklas. Er verstand und verließ den Kuschelraum.

Einen Moment überlegte Leonie, ob sie Ines von ihren Gefühlen zu Maximilian und seiner Ablehnung erzählen sollte. Ines war ihre Angestellte – im engen Sinne – im weiten Sinne aber auch ihre Freundin, die gerade in ihrer Freizeit hier war, um für ihr Unternehmen zu werben. Das tun nur echte Freunde.

Leonie schluckte. „Als Maximilian und ich kurz davor waren – na ja, du weißt schon – , da hat er es abgelehnt, mit mir zu schlafen. Er sagte, er könne nicht. Ich weiß nicht, was in ihm vorgeht. Ob er auf Männer steht oder gerade mich nicht attraktiv findet", offenbarte Leonie Ines ihr Herz.

„Du magst ihn besonders, richtig?", fragte Ines sanft nach.

„Ja, leider."

„Es wird dich vermutlich nicht freudiger stimmen, wenn ich dir sage, dass er nicht auf Männer steht, zumindest garantiert nicht nur", erklärte Ines langsam.

„Woher weißt du das?", fragte Leonie nach. „Ich hatte bisher nie den Eindruck, dass er einem von uns irgendwelche Avancen gemacht hat."

„Das kann man so nicht sagen." Ines schaute ein wenig verlegen weg.

„Du und Maximilian?", fragte Leonie nun direkt nach. So langsam wollte sie nur noch Gewissheit. Maximilian hatte sie vorhin zurückgewiesen und, wenn er mit Ines zusammen sein sollte, ist dies vielleicht ein endgültiger Schlussstrich für ihre Gefühle, hoffte Leonie.

„Nein, zusammen sind wir nicht. Doch er scheint etwas für mich zu empfinden. Gestern fragte er mich nach Niklas aus: Wie lange ich ihn kenne und ob beziehungsweise wie eng wir miteinander befreundet sind und sowas." Ines schluckte hörbar.

„Maximilian ist eifersüchtig auf Niklas und seine möglicherweise enge Beziehung zu dir?", fragte Leonie nach.

„Es scheint so. Dann wollte er sich mit mir zum Abendessen treffen, um mich etwas zu fragen. Ich lehnte jedoch ab."

So sehr Leonie Ines' Ehrlichkeit schätzte, so weh tat es ihr jedoch auch, das hören zu müssen. „Du wolltest dich nicht mit Maximilian daten? Warum nicht? Er ist doch äußerst attraktiv", fragte Leonie nun offen heraus nach.

„Ja, ohne Zweifel. Doch ich habe einen festen Freund."

Halb erleichtert, halb überrascht antwortete Leonie: „Das wusste ich ja noch gar nicht. Hat er denn nichts dagegen, dass du beim Happy Sexy Taxi arbeitest?"

Ines lachte auf. „Nein, wir führen eine wundervolle, offene Freundschaft und das schon seit mehreren Monaten. Und im Übrigen arbeitet auch er beim Happy Sexy Taxi."

„Niklas? Du bist mit Niklas zusammen?", fragte Leonie nun nach.

Ines nickte und ihre Augen leuchteten so warm, als hätte sie sich gerade neu in Niklas verliebt.

„Meinen Glückwunsch! Ja, ihr passt auch gut zusammen. Ihr beide seid extrem attraktiv", platze es aus Leonie heraus.

„Ich danke dir", entgegnete Ines freudestrahlend und umarmte Leonie.

„Niklas hat nie etwas erzählt – noch nicht einmal angedeutet, dass er eine feste Freundin hätte. Weiß Maximilian, dass ihr zusammen seid?"

„Tut mir leid, aber ich habe es ihm nicht gesagt. Ich wollte ihn nicht verletzen. Hätte ich gewusst, dass du in ihn verliebt bist..."

„Was, du bist in Maximilian verliebt?", platzte Niklas heraus, der sich inzwischen wohl wieder heimlich, still und leise in den Kuschelraum begeben hatte. Während des offenen Gesprächs hatte keine der Frauen mitbekommen, wie er den Raum betreten hatte.

Leonie nickte und wandte sich dann wieder Ines zu. „Vielleicht sollte Maximilian erfahren, dass ihr zusammen seid. Doch es ist nicht meine Entscheidung, ob ihr ihm das mitteilen wollt. Nur manchmal denke ich, dass die Wahrheit, so unangenehm sie auch ist, helfen kann, einen endgültigen Schlussstrich zu ziehen", merkte Leonie an.

„Du sprichst jetzt von dir selbst, Liebes." Ines legte ihre Hand auf Leonies Arm. „Vielleicht braucht es nur Zeit, bis Maximilian erkennt, dass du viel besser zu ihm passt."

„Maximilian ist ein blinder Idiot", urteilte Niklas im Hintergrund rigoros.

Nun nahm Leonie Ines in den Arm. „Im Swingerclub blase ich Trübsal. Das schaffe auch nur ich, obwohl ich so tolle Freunde habe. Kommt, ich gebe eine Runde aus", bot Leonie an.

„Wir würden gerne noch ein wenig hierbleiben – also Ines und ich", deutete Niklas an.

„Klar – dann gibt es die Runde danach", lächelte Leonie. Sie verließ schnell den Kuschelraum mit dem schwarz-roten Herzchen an der Tür.

KAPITEL 24

Als Leonie die angrenzende Bar betrat, erblickte sie Maximilian, der an einem Wasserglas nuckelnd in Gedanken versunken an der Theke saß.

Leonie überlegte einen Moment, ob sie ihn in Ruhe lassen oder zu ihm gehen sollte. Letztlich müssten sie ab Montag wieder einvernehmlich beim Happy Sexy Taxi miteinander arbeiten und bald auch wieder zusammen im Masterstudiengang studieren. So war es zumindest geplant. Da sollten die Peinlichkeiten schnellstmöglich aus dem Weg geräumt werden.

Kurz entschlossen ging Leonie auf Maximilian zu. „Hey", sagte sie unsicher.

„Hey, Leonie. Wo sind die anderen beiden denn?"

„Sie sind noch ein wenig im Kuschelraum geblieben", antwortete Leonie zögernd. Sie wusste, dass sie Maximilian damit wehtat, aber eine Lüge war hier fehl am Platze. Eigentlich sollten sie alle sowieso mal ehrlich und offen miteinander reden. Das würde ihnen viele Probleme sowie Kummer ersparen und endlich Klarheit schaffen.

Maximilian nahm einen tiefen Schluck aus seinem Wasserglas, als wollte er Leonies unerfreuliche Antwort herunterspülen.

Leonie wusste nicht mehr, was sie sagen sollte.

„Das vorhin mit uns war ein Fehler", begann Maximilian die Stille zu unterbrechen.

„Ich habe schon mitbekommen, dass du es so siehst", antwortete Leonie kurz.

„Wir sind Freunde - wir alle – und ich will, dass es auch so bleibt", erklärte Maximilian.

„Ja, Junge, mit halben Sachen machst du dir auch keine Freunde, ebenso wenig, wie mit Geheimnissen", hätte Leonie am liebsten geantwortet, doch sie nickte nur schweigend.

„Hallo! Wen sehen denn hier meine begeisterten Augen?" Jemand tippte Leonie kurz, aber kräftig auf die Schulter.

Leonie drehte sich neugierig um, und bemerkte, dass diese fröhliche, starke Stimme zu Giusi gehörte. Erleichtert, aus der angespannten Situation mit Maximilian herausgeholt zu werden, umarmte sie Giuseppe gleich.

„Du bist echt stürmisch heute. Hast du mich etwa vermisst?", freute sich Giusi und drückte Leonie ebenfalls fest an sich.

„Ich habe gar keine Zeit, jemanden zu vermissen. Doch dich zu sehen, ist stets eine Freude", flirtete Leonie. Dann löste sie sich von Giusi und wollte ihn höflich Maximilian vorstellen. Er war jedoch nicht mehr da.

„Na, du hattest wohl wenig Glück beim Kollegen hier?", fragte Giusi augenzwinkernd nach.

„Das kann man durchaus so sagen", bestätigte Leonie.

„Ich muss dich dann auch noch enttäuschen. Ich bin rein beruflich hier, aber wenn ich dich nachher nach Hause fahren darf, dann findet sich sicher ein heißes Eckchen für uns", grinste Giusi.

„Danke, aber ich fahre mit meinen Freunden zurück. Eigentlich sind wir auch vorwiegend aus beruflichen Gründen hier. Wir wollen das Happy Sexy Taxi bekanntmachen", gab Leonie zu.

„Ach ne, dazu missbrauchst du deine Konkurrenz?", zog sie Giusi nicht ganz zu Unrecht auf.

Leonie wurde rot.

„Das war nicht so ernst gemeint", warf Giusi ein und gleichzeitig seine schwarzen, ungebändigten Locken zurück.

„Ich habe gleich ein Gespräch mit dem Inhaber dieses Swingerclubs. Da kann ich ja mal das Happy Sexy Taxi mit seinen besonderen Diensten ansprechen. Sozusagen als erste Adresse, wenn Kunden ein Taxi bestellen lassen wollen."

„Das wäre toll", freute sich Leonie. „Aber wieso sprichst du überhaupt mit dem Inhaber?"

„Ich weiß, Frauen sind von Natur aus extrem neugierig. Warum ich hier bin erzähle ich dir das nächste Mal, wenn wir uns treffen. Ich muss nämlich jetzt los", vertröstete sie Giusi. Ein flüchtiger Kuss auf Leonies Stirn und Giusi verschwand.

Schon sehr bald beschloss auch die Vierergruppe, ihren Abend im Swingerclub zu beenden. Die Stimmung bei der Fahrt war bedrückt. Jeder schien mit seinen Geheimnissen zu kämpfen, die ihnen im Swingerclub um die Ohren geflogen waren.

Kurz erzählte Leonie von Giusis Versprechen, das Happy Sexy Taxi als Bestelltaxi Nummer eins bei diesem Swingerclub vorzuschlagen.

Auch Ines erzählte, dass sie einen Herrn, der Mitglied einer abenteuersuchenden Skatgruppe war, für das Happy Sexy Taxi hatte begeistern können.

Die beiden Männer schwiegen untypischerweise nur.

Leonie hoffte nur, dass die Geheimnisse die Freundesgruppe nicht sprengen würden.

KAPITEL 25

Am Montag meldete sich Maximilian krank. Tatsächlich wirkte seine Stimme am Telefon sehr schwach. Leonie übernahm die Taxizentrale, da Ines und Niklas unbedingt Taxi fahren wollten.

Leonie war es recht. Die Ablehnung von Maximilian saß ihr immer noch in den Knochen. Zudem musste sie dringend eine Lösung finden, ihre langjährige Freundschaft trotz all der schmerzhaften Ereignisse zu erhalten, die Probleme in der Gruppe für jeden erträglich zu machen und alle wieder mehr zusammenzuschweißen.

So saß Leonie in der Taxizentrale und stand im Funkkontakt mit ihren beiden fahrenden Taxis, also Ines und Niklas. Im Grunde rechnete sie nicht mit externen Taxibestellungen. Dafür war ihr Happy Sexy Taxi und seine besonderen Dienstleistungen noch nicht bekannt genug.

Umso erstaunter war sie, als plötzlich ein externer Anruf einging.

„Happy Sexy Taxi, guten Morgen. Wie können wir Ihnen helfen?", meldete sich Leonie noch ungeübt holpernd.

„Du fährst heute kein Taxi, schade!", Giuseppe hatte angerufen.

„Wolltest du mich etwa gerade ordern?", fragte Leonie lachend nach.

„Ja, ich habe dich schon am Bahnhof gesucht. Da fuhr aber eine blonde Dame das Happy Sexy Taxi."

Leonie lachte. „Das ist meine Kollegin, Ines. Sie ist mein Trumpf bei den männlichen Fahrgästen."

„Das glaube ich gerne. Doch ich handle liebe nach meinem Grundsatz: Don't change a winning team. Daher will ich mit dir fahren und deine Dienste in Anspruch nehmen", Giusi sprudelte förmlich am Telefon.

„Also, ich bin in der Taxizentrale heute, da sich ein Kollege krankgemeldet hat."

„Kaum angestellt und schon krank. Ja, ja, die Mitarbeiter von heute... Eigentlich wollte ich dir doch noch von meinen Geschäften erzählen. Wann machst du denn Mittagspause?" Giusi ließ nicht locker.

„Na gut, in anderthalb Stunden habe ich und meine Kollegen Mittagspause", überlegte Leonie.

„Super, ich bin dann bei dir. Die Anschrift ist ja sicher auf deiner Webseite vom Happy Sexy Taxi zu finden."

„Exakt. Ich bin mal gespannt, was du so beruflich mit dem Inhaber von dem Swingerclub treibst", bestätigte Leonie.

„Bis dann!"

Schon eine Viertelstunde zu früh schellte Giusi an der Tür zur Taxizentrale. Leonie hatte sich schon auf diesen fröhlichen, tatkräftigen Mann gefreut. Er würde positive Energie in die momentan etwas belasteten Räumlichkeiten vom Happy Sexy Taxi bringen.

Um Punkt zwölf gab Leonie folgende Meldung an die Taxis durch: „Hallo Leute vom Happy Sexy Taxi. Ich mache jetzt eine halbe Stunde Mittagspause. Wie steht's mit euch?"

„Ja, ich mache auch Pause. Ich habe keinen Fahrgast momentan", quiekte Ines mit ihrer hohen weiblichen Stimme zurück.

„Ist bei mir auch so. Treffen wir uns an unserer Lieblingspizzeria, Ines?", meldete sich auch Niklas.

„Klar – bis in einer halben Stunde oder so", beendete Ines freudig die Durchsage.

Leonie lehnte sich in ihrem Bürostuhl zurück. „Also Giusi, jetzt gehöre ich eine halbe Stunde ganz dir."

„Wir können auch erst...", schlug Giusi vor, doch Leonie unterbrach ihn kichernd: „Das meinte ich nicht. Ich bin sehr neugierig zu erfahren, was du beruflich so machst und warum du Kontakt mit dem Chef des Swingerclubs hast."

„Warum sind die Frauen bloß immer neugieriger als geil", stöhnte Giusi gespielt. „Also, machen wir es kurz. Ich wollte den Swingerclubbesitzer auf eine Kooperation ansprechen."

„Du wolltest mit ihm zusammenarbeiten? Als Taxifahrer? Warum wolltest du dann das Happy Sexy Taxi empfehlen, da du doch mit deinen Taxidiensten eine Kooperation angestrebt hast?" Leonie war total verwirrt.

„Der Swingerclubbesitzer würde niemals eine Kooperation mit nur einem einzigen Taxi eingehen. Ich bin Puffvater."

Leonie blieb der Mund offenstehen. Dann räusperte sie sich und fragte den verschmitzt lächelnden Giusi: „Dann hast du es doch gar nicht nötig, mit mir zu schlafen und noch dafür zu bezahlen."

„Irgendwie schon. Mein Taxijob war für mich das, was für dich der Besuch des Swingerclubs war. Eine Kunden- und Mitarbeiterakquise." Giusi zwinkerte Leonie zu.

„Also, suchst du Prostituierte und Kunden für dein Bordell? Läuft es nicht so gut?"

„Ganz im Gegenteil, ich habe inzwischen ein drittes Bordell eröffnet – in dem Bauernhaus, vor dem wir uns so herrlich vergnügt haben."

Leonie verschluckte sich und hustete. „Stimmt ja, Taxi Letizia und Bauernhof Letizia. Beides gehört dir, oder?"

Giusi nickte und lachte. „Du hast einen hellen Kopf, na ja, früher oder später, und als Start-Up-Unternehmerin schon ein paar kreative Ideen. Allerdings bist du als Nutte noch eine wenig schinant, aber das macht gerade deinen besonderen Reiz aus."

„So kreativ war meine Kundenfangidee ja nicht. Schließlich bist du auch auf den Gedanken gekommen, mit deinem Taxijob auf Kunden- und Mitarbeiterjagd zu gehen. Hat es denn etwas gebracht?", gab Leonie das Kompliment zurück.

„Ja, hat es. Vor allem aber habe ich dich kennengelernt. Dies ist eine Bereicherung für mein Sex- und Berufsleben."

„Berufsleben? Inwiefern kann ich für dich eine Bereicherung sein? Auf die Idee der Taxiakquise bist du doch schon vor mir gekommen. Letztendlich hast du mich auf den Gedanken der Gründung des Happy Sexy Taxis gebracht."

„Ich biete dir eine Kooperation an, die sich für unsere beiden Unternehmen gewinnsteigernd auswirken könnte." Giusi war zum ersten Mal ernst geworden. Der Geschäftsmann in ihm hatte sich an seine Oberfläche gekämpft.

„Wirklich. Da bin ich gespannt." Nun lehnte sich Leonie nach vorne.

„Ich mache Werbung für dein Happy Sexy Taxi in meinen Bordells. Ich hänge deine Plakate auf, ordere bevorzugt dein Taxiunternehmen und empfehle das Happy Sexy Taxi an meine Kunden weiter."

„Das ist wunderbar, danke. Aber, was hast du davon? Schließlich soll es ja eine Kooperation sein".

„Ich helfe dir, dein Taxiunternehmen auszubauen. Drei Taxis – das ist lächerlich. Zudem fährt ihr noch nicht rund um die Uhr. Das ist nicht gut für das Geschäft. Solch ein Taxi wie eures muss permanent erreichbar und zuverlässig sein. Also, ich kann mir gut vorstellen, dass einige meiner Mädels an einer festen Anstellung beim Happy Sexy Taxi, bei dem sie auch besser tagsüber oder vor allem nicht für alle erkennbar in einem Puff arbeiten könnten, interessiert wären."

„Eine super Idee – doch ich kann mir als Studentin weitere Fahrzeuge nicht leisten. Meine Bank wird mir ohne Sicherheiten auch keinen zusätzlichen Kredit gewähren", gab Leonie zu bedenken.

Ungeachtet von Leonies Einwand, plante Giusi weiter. „Wir sollten auch weitere Männer für die weiblichen Kunden und für männliche Kunden, also für Homosexuelle, einsetzen. Ich denke so an zwanzig Taxis mit entsprechendem Aufdruck: „Happy Sexy Taxi". Die Marke muss bekannt werden und der Unternehmenszweck auch – also beide Unternehmenszwecke, genau gesagt." Giusi redete sich in Begeisterung und war inzwischen aufgestanden. Unruhig wanderte er durch den Raum.

„Giusi, ich habe kein Geld dafür. Und zudem will ich auch noch mein Studium fortsetzen."

„Ach ja, das habe ich vergessen, zu erwähnen. Ich investiere natürlich in dein Unternehmen und möchte dafür nur fünfzig Prozent der Anteile und einen der Finanzierung entsprechende Gewinnbeteiligung erhalten. Letztlich kann ich es auch als Werbung für meine Bordelle nutzen. Und außerdem... „

„Außerdem willst du mich als Topping obendrauf, richtig?", fragte Leonie zweifelnd nach. Irgendwo musste doch der Haken sein. Bisher war sein Angebot fair gewesen – zu fair für einen Bordellbesitzer, fand Leonie

„Ab und zu – sehr gerne. Doch ich wollte dich außerdem um etwas anderes bitten. Meine Frau möchte ebenfalls einen normalen Job und bittet um die Anstellung in der Taxizentrale."

Leonie schluckte. „Diesen Job habe ich schon einem Freund von mir zugesagt", sagte sie leise. War Maximilian es wirklich Wert, dass sie so ein einmaliges Angebot ausschlug? Doch Leonie war es stets wichtig, ihr Wort zu halten und Maximilian war ihr trotz allem noch immer wichtig. So schnell verging die jahrelange Zuneigung nicht.

„Mädel, denk mal nach. Wenn die Taxis rund um die Uhr fahren, brauchst du mehr als nur einen Angestellten in der Taxizentrale."

„Das stimmt. Daran habe ich gar nicht gedacht. Natürlich hat deine Frau dann den Job."

„Heißt das, du bist mit unserer Kooperation einverstanden?", fragte Giusi erfreut nach.

„Wir sollten unsere Vereinbarung detailliert vertraglich festhalten, doch im Grunde ist das ein super Angebot von dir. Ja, ich bin sehr interessiert." Leonie wusste, dass es mehr als ein super Angebot war – es war ein Glücksfall, was auch immer Giusi antrieb, ihrem Happy Sexy Taxi so sehr unter die Arme zu greifen. Vielleicht versprach er sich tatsächlich hervorragende Gewinne.

„Ich mag dich. Du bist kreativ, gehst über deine Grenzen, um deine Ziele zu erreichen. Du bist loyal deinen Freunden gegenüber und zudem eine erotische Granate. Außerdem ist das Konzept vom Happy Sexy Taxi sehr vielversprechend", schien Giusi ihre Gedanken zu erraten.

Er schritt nun auf Leonie zu und hielt ihr seine offene, rechte Hand entgegen. „Schlag ein! Lass uns die Taxiwelt revolutionieren."

KAPITEL 26

Leonie stand auf und schlug ein. Giusi drückte ihre Hand sehr fest, dann ließ er sie los und umarmte Leonie. „Wir sollten die Kooperation angemessen besiegeln, meinst du nicht auch?", flüsterte er ihr ins Ohr.

„Im Hinterzimmer ist ein Sofa", schlug Leonie vor. Alles in ihr war plötzlich in Hochstimmung. Das Leben war wunderbar. Auch, wenn es mit Maximilian nicht geklappt hatte, so hatte sie beruflich einen Volltreffer gelandet. Pech in der Liebe – Glück im Beruf – oder wie war das noch gleich? Doch ihr erotisches Liebesleben kam auch nicht zu kurz.

Giusi nahm das zarte Persönchen auf die Arme und trug sie in das Hinterzimmer, legte sie dann aber auf den Pegulanboden. „Heute beginne ich, meine Mitgesellschafterin auszubilden. Wünschst du heute lieber die obszönen oder die härteren Ausbildungsinhalte?", fragte er schulmeisterhaft nach. Dabei zog er ihr schon das Shirt über den Kopf.

Giusi schien nicht wirklich auf eine Antwort von ihr zu warten, denn er knöpfte auch schon ihre Jeans auf und zog sie an den Hosenbeinen herunter.

Leonie verstand seine Eile. Auch sie konnte es nicht abwarten, ihren Körper auf die Spitze der Leidenschaft und Erfüllung zu schaukeln. Giuseppe entflammte in ihr stets ein Feuer der Begierde. Nach allem, was er ihr gerade gesagt hatte, war er ein Meister in der „Befriedigungsbranche". Zudem würde mit ihm die Etablierung ihres Start-Up-Unternehmens gesichert sein. Ihr Leben schien – abgesehen von Maximilians Ablehnung – den Höhepunkt des Erfolges erreicht zu haben. Erfolg macht geil, insbesondere auch auf denjenigen, der einen großen Anteil daran trägt.

Alles in Leonie kribbelte vor freudiger und geiler Erregung. Ihre Sinne waren benebelt und dennoch wartete ihre Haut hochsensibel auf jede Art von Berührung.

Ebenso schnell hatte sich Giusi bis auf seinen Slip ausgekleidet. Nun saßen sie beide in Unterwäsche auf dem Boden, wollten gemeinsam das Happy Sexy Taxi zum Erfolg befördern und sich selbst vereinigen, um den körperlichen Höhepunkt zu erreichen.

„Da du keine Präferenzen hast, bevorzuge ich heute die harte Tour", flüsterte Giusi.

Leonie nickte. Alles war ihr recht, was ihrem Körper das gab, wonach er mit jeder seiner Zellen verlangte.

„Hart und schnell, denn deine Mittagspause ist in zehn Minuten zu Ende", kündigte Giusi an.

„Ja-a-a-", stöhnte Leonie. Schnell war gut und hart hörte sich auch äußerst befriedigend an.

„Ok, dann dreh dich um und knie dich hin – heute steht Doggystyle auf dem Lehrplan", entschied Giusi. „Schnell, hart und tief drinnen."

„Ich weiß nicht...", versuchte Leonie zu protestieren, doch Giuseppe unterbrach sie: „Kein Widerspruch. Das sind gängige Forderungen eines Freiers und ich dachte, du gehst für deinen Traum über deine Grenzen."

Leonie verstummte, denn auch ihre prickelnde Muschi verbot ihr, noch weiter zu protestieren. Erregt durch die unanständige Stellung und zugleich erwartungsvoll auf Giusis angekündigte harte Nehmen von hinten kniete sie sich entsprechend seiner Wünsche im Vierfüßlerstand auf den Boden.

„Vorne runter – wie eine heiße Hündin, die den Rüden locken will", bestimmte Giusi nun.

Leonie gehorchte.

Mit nur einem Ruck riss Giusi ihr ihren Slip herunter, so dass er zerriss. Sie spürte den brennenden Druck des Stoffes noch auf ihren Schenkeln, doch diese leidenschaftliche Geste puschte ihre paarungswillige Muschi noch höher. Schon wieder spürte sie das kribbelnde Gefühl der verlangenden Leere in ihrer Vagina und wie sie immer feuchter wurde.

Mit einer geschickten Bewegung löste Giusi auch den Verschluss ihres Büstenhalters und ließ dessen Träger an ihren Schultern herabgleiten. „Deine Titten müssen in meinem Takt wackeln", merkte Giusi an.

„Noch gibt es keinen Takt", nuschelte Leonie aus ihrer unanständigen Haltung von unten.

„Das nicht, aber einen Zuschauer", merkte Giusi an.

„Wer?", erschrak Leonie und versuchte sich so zu verrenken, dass sie aus ihrer Position die Tür einsehen konnte. Doch es gelang ihr nicht.

„Hatte ich vergessen, abzuschließen? Wenn ein Kunde da ist, sollte wir..." Leonie fiel es schwer, weiterzusprechen, denn Giusi stieß gerade seinen Schwanz von hinten in sie herein.

„Nun hast du auch einen Takt. Der Typ hier ist der Blonde vom Swingerclub. Der hält bestimmt solch einen Anblick aus."

Maximilian! Und schon wieder schaute er ihr beim Sex mit einem anderen zu und dann noch in solch einer entwürdigenden, geilen Position. Doch Leonie hatte keine Kapazität mehr, weiter über den spannenden Maximilian nachzudenken. Wollust überflutete ihren Körper und trug sie in die schamlosesten Höhen der prickelnden Begierde. Immer wieder stieß Giusi seinen steifen, großen Schwanz in sie herein und sie spürte, wie seine Hodensäckchen jedes Mal ihre Scham schlugen und dadurch ihren angeschwollenen Kitzler reizten. Mit jedem Stoß rutschten ihre Knie ein wenig mehr über den Pegulanboden.

„Wenn du eh nur zuschaust, kannst du sie auch an den Schultern festhalten, damit ich fester zustoßen kann", wies Giusi Maximilian dreist an.

„Ich....ich...", stotterte Maximilian. Seine geliebte Stimme animierte Leonies bis auf das Äußerste empfindsame Vagina wieder einen Schwall ihres Lustsaftes herauszuschleudern.

„Komm schon, Mann. Du arbeitest doch beim Happy Sexy Taxi oder?", hörte Leonie Giusis schnaufende Stimme hinter sich. Er stoppte einen Moment, seinen Schwanz in ihre Grotte hereinzustoßen.

„Ja...aber", Maximilian war hörbar überfordert.

„Dann musst du dich auch für solche Hilfsleistungen eignen. Nun hilf deinen beiden Chefs, ihr Abkommen zu besiegeln. Bei dir Hand anlegen kannst du später, wenn du willst oder die Situation nutzen, um auch auf deine Kosten zu kommen." Leonie stellte fest, dass man nun den Bordellbesitzer aus Giusi heraushörte, was sie noch mehr anstachelte. Solch eine intime, schambesetzte, geile Sache handelte er so normal ab.

„Euhm, ich wollte eigentlich nicht, aber okay, ich halte sie an den Schultern fest", überwand sich Maximilian endlich.

Noch immer stand Leonie im Vierfüßlerstand vor Giusi. Ihr Kopf lag auf dem Boden und ihr Hinterteil mitsamt der freigelegten Muschi bot sich ihm willig dar. Sie konnte es kaum fassen, als sich von vorne sanfte Finger um ihre Schultern legten. Maximilians Finger. Der Druck wurde stärker und nun hielten seine Hände sie sicher fest. Sie roch Maximilian und hätte ihn so gerne leidenschaftlich geküsst.

Doch schon wieder stieß Giusi sein bestes Teil von hinten in ihre willig dargebotene Vagina. Heftiger und schneller als zuvor. Sie roch Maximilian, der all das sah und spürte seine Finger, die sie hielten und stützten. Giusis Schwanz füllte sie voll aus und wirbelte all ihre Gefühle durcheinander. Ein

Beben ging durch ihren Körper und ein Schrei löste sich aus ihrer Kehle. Sie hatte die Spitze erreicht. Ihre Vagina pumpte, ihr Becken bog sich instinktiv hin und her und sie spürte einen Strahl, der ihre empfindsamen Vaginawände traf. Noch immer hielt sie der Orgasmus gefangen und ihre Vagina pumpte noch weiter unaufhörlich das letzte bisschen Samenflüssigkeit aus Giusis Schwanz heraus.

Giusis Penis erschlaffte spürbar, aber Leonie war noch nicht völlig befriedigt. Noch immer wollte ihre Vagina mehr, ihr Körper mehr, ihre Scham mehr – mehr von Stößen, von Erniedrigungen und vor allem mehr von Maximilian, der sie nun losließ, als Giusi sich aus ihr zurückzog.

KAPITEL 27

„Jetzt darfst du, Mann. Diese Sexbombe ist noch nicht befriedigt. Je mehr ich sie erniedrige, umso geiler wird sie", schnaufte Giusi zu Maximilian.

„Ich kann nicht...", stotterte Maximilian.

„Hey, du kannst, glaub mir, ich bin vom Fach. Zudem sehe ich eine enorme Beule unter deinem Hosenschlitz. Also ziere dich nicht, sondern mach deine Chefin glücklich."

Noch immer hockte Leonie in dieser Haltung einer heißen Hündin. Ihr Körper bebte noch unaufhörlich und sie hoffte sehnsüchtig, Giusi würde bei Maximilian hartnäckig bleiben.

„Komm mal her. Schau dir diese feuchte Grotte an – sie schreit förmlich nach dir. Komm schon hierher. Schau mal wie Leonie noch immer da hockt, hoffend, dass man es ihr besorgt. Kannst du da wirklich ‚nein‘ sagen? Willst du dir diese Chance auf eine heiße Nutte tatsächlich entgehen lassen?" Giusi blieb hartnäckig.

„Ich...ich...kann nicht - darf nicht."

„Leonie, darf er dich ficken?", fragte Giusi laut nach. Inzwischen schnaufte er nicht mehr so stark.

„Ja, darf er – gerne", antwortete Leonie von unten.

„Das meine ich auch nicht. Aber ich bin mit Niklas befreundet und er...", stotterte Maximilian weiter.

„Verdammt", Leonies Gehirn war noch nicht soweit wieder eingeschaltet, dass sie überlegte, was sie sagte. Sie wollte nur noch eins: Maximilian in sich, an sich und das jetzt – endlich. „Niklas ist mit Ines zusammen – sorry, aber egal warum du es wegen Niklas nicht machen willst: Du brauchst keine Rücksicht zu nehmen."

„Ich dachte, er und du und...", kam es nun mit überraschter Stimme aus Maximilian heraus. „...und ich als sein Freund."

„So, genug Geplänkel. Dein Freund ist anscheinend glücklich liiert, habe ich soeben gehört. Leonie hingegen nicht. Sie wartet sehnsüchtig auf deinen Glücksstab. Also ran an die Arbeit." Giusis Anfeuerung kam im besten Moment, denn Leonie hörte, wie eine Jeans heruntergezogen wurde.

Maximilian! Er würde endlich mit ihr schlafen. Endlich würde es wahr werden. Ihr Körper wollte ihn in sich spüren, ganz und gar und er sollte sie auf dem Weg in die ultimative Glückseligkeit begleiten.

„Darf ich deine Brüste anfassen?", fragte Maximilian vorsichtig nach.

„Du darfst alles", bestätigte Leonie und dann wurde der Traum ihrer letzten Jahre endlich wahr. Hart ergriff Maximilian ihre rechte Brust, als würden sich seine angestauten Gefühle dadurch entladen wollen. Dann schlug er mit der Hand ein paar Mal fest auf ihren Po. Sie schrie jedes Mal auf – mehr aus Verzücken über seine Leidenschaft als aus Schmerz, der ihr Kribbeln im Körper noch antörnte.

Sie hörte sein Stöhnen und dann seine Stimme: „Dreh dich um und leck meinen Schwanz", befahl Maximilian ihr.

Leonies Herz gefiel der dominante Maximilian und ihrer Muschi noch mehr. Das war ein extrem attraktiver Gegensatz zu dem sonst so weichen, liebevollen Mann.

Leonie tat, was ihr befohlen wurde und nahm seinen Stab so sanft in den Mund, dass Maximilian noch einmal aufstöhnte. Ihre Zunge umspielte seine Eichel - sanft – quälend sanft, doch das wollte sie sich und ihm gönnen. Sie spürte den salzigen Geschmack der austretenden Flüssigkeit. Dann führte sie Maximilians Schwanz langsam in ihren Mund, bis er an ihrem Gaumen anstieß. Maximilian sollte in ihr kommen. Dabei war es ihr egal in welcher Öffnung.

Nun kniff Maximilian in ihre Brustwarze und Leonie schrie auf – vor Wonne, denn der Schmerz wandelte sich umgehend in Lust, die ihren Körper vibrieren ließ. Mit einer schnellen Bewegung nutzte Maximilian die Gelegenheit, um ihren Oberkörper niederzudrücken, ihre Beine zu spreizen und sich dazwischen zu knien.

„Bitte mach schon, ich will dich", bettelte Leonie.

„Ich will dich auch schon so lange, dachte aber, Niklas sei in dich verliebt. Und ich hatte keine Gelegenheit mit Ines über dich zu reden – ich dachte, sie wüsste...", erklärte sich Maximilian, als wolle er die Beichte ablegen, ehe es gleich zu spät war und ihn seine Leidenschaft in sie hineintrieb.

„Quatsch nicht herum, jetzt nimm mich. Ich gehöre dir, voll und ganz", stöhnte Leonie voller Verlangen nach Maximilian.

Sanft legte Maximilian sich auf sie drauf, um dann seinen Glücksstab in sie hineingleiten zu lassen – sanft – vorsichtig – langsam. Leonies Körper zitterte vor Freude, Glück und Erregung. Auch Maximilian wurde sofort leidenschaftlicher. Mit einer Kraft, die selbst die von Giusi übertraf, stieß er seinen Schwanz in sie herein. Zudem näherte sich sein Mund langsam dem ihren. Alle ihre Gefühle im Körper schienen explodieren zu wollen. Während seine Hüfte sich unaufhörlich auf ihr auf- und abbewegte, um seinen Penis in sie hineinzutreiben, berührten seine Lippen die ihren ganz sanft.

Nun explodierte alles in Leonie. Sie wandte sich hin- und her, stöhnte, schrie und weinte gleichzeitig. Es war so überwältigend. Ihr Höhepunkt wollte gar nicht abebben, selbst nicht, als auch Maximilian seinen Samen in sie vergoss.

Während ihr Körper sich ganz langsam beruhigte, lag Maximilian sanft auf ihr. Sein Schweiß tropfte auf sie hinab und er streichelte ihre Tränen von ihren Wangen.

„Warum weinst du, mein Schatz?", fragte er sanft.

„Es war so unglaublich schön", erklärte Leonie. „Jetzt bin ich im Paradies."

„Was hältst du von einem täglichen, gemeinsamen..." Maximilian schien nach dem richtigen Wort zu suchen.

„Fick?", fragte Leonie lachend nach. „Wir müssen uns wohl an raue Umgangsformen hier gewöhnen."

„Ja, genau. Was hältst du von einem täglichen, gemeinsamen Fick ins Paradies?", fragte Maximilian mit sanft glänzenden Augen.

Während Leonie ihren Schwarm leidenschaftlich umarmte, hörte sie, wie Giusi offensichtlich in das Mikrofon der Taxizentrale sprach: „Hey, liebe Happy Sexy Taxi Kollegen, eure Chefin braucht heute eine etwas längere Mittagspause mit ihrem Freund. Jetzt übernehme ich erstmal die Taxizentrale. Ich bin Giuseppe, gerufen Giusi, und habe euch das Ganze hier irgendwie eingebrockt."

ENDE